风会记得你走过的路

阮靖／著

中国华侨出版社

序
风记得你走过的路

年少时，我迷恋上三毛，看她一个人走遍万水千山，洗尽一身铅华，世事洞明，波澜不惊。她美丽清幽的灵魂，像一颗种子，深深地种进了我的身体里。她去的撒哈拉，她去的那些异乡小镇，如此地吸引我。

后来，我也爱上了远行。因为红尘故事，演来演去，就那么几件还能耐人寻味。而世间风景，一花一叶，都赏心悦目。慢慢地，我学会在风景中寻故事，在静谧里寻感动，在流年中寻归宿。原本漫长冗繁的一生，也生生有了鲜衣怒马的风姿。纵然，有人说：旅行如电影，繁华刚刚落幕，寂寞又开始上演。可在某个秋色阑珊的午后，不经意间还是会想起，想去问一问南飞的大雁、那些走过的路、那些一去不回的时光，是否别来无恙。

还记得，月光下有个青年骑车逛北京，唱着《一无所有》……去看那烟火气极足的电影院附近的市场，看卖菜的、烤羊肉串的和蒸开花大馒头的……有时也会骑远一些。城墙外，有些寂寞，有些荒凉。

还记得，上海的雨，丝丝缕缕地缠绵在树间，落叶潮湿着，散散乱乱地铺在街道上；草也是湿润的，暗绿地闪烁着微光；一只未归巢的灰雀羽毛微湿着，单薄的翅膀在细雨里展开，伫立于疏落的枝间，迷离而寂寥。

还记得，日光倾城的午后，有一头海藻般长发的少女迷失在广州。她不知道长寿路有多少个店铺，也数不清天字码头的石壁有多少片青苔，更看不见伶仃洋的波澜上有多少渔船漂浮过。

还记得，秦淮河畔的画舫上，总是有人在忙碌地打捞。这座六朝金粉之都，不知何时，已经更换了当年的模样。不知道那些人到底能打捞到什么，是红粉佳人遗落的金簪银钗，抑或是风流才子丢失的玉佩折扇。

还记得，暮色里，饮一杯青城山的苦丁茶，微苦入口，苦后甘甜。下山去，随着山行，随着路转，随着溪水，一路迤逦，心满志得。

还记得，达拉斯的夜空，像洗过一样干净。寥廓银河里，那么多闪烁的星星，不知道哪一颗是自己，哪一颗是她生死相依的人。

还记得，去了麦卡伦机场，坐在靠窗的位置上，思绪纷繁。在这个有人全力去活，有人全力去死的城市里，你若能成为另一小我的天使，这仍是一件让人从内心感觉到幸福的事情。

还记得，沙漠里的那场婚礼，铺满花瓣的水池，重重的帷幔，那风情太旖旎，仿佛一回头，就可以遇见一个整张脸被丝巾裹住只露出深邃大眼的曼妙女子。

还记得，离开的时候，卡萨已近黄昏。夕阳下的卡萨慢慢黯淡下去，连同那些明媚、鲜亮的颜色——蓝的天空，白的房子，红的地毯，黄褐的土墙，男男女女身上五颜六色的衣袍——失去了它们耀眼的色泽。

还记得，在过去旅程里也曾遇见许多的人，信誓旦旦说要常联系，可最终都逐渐断了音讯，人声寂寥。多年以后，问起来，你已经不记得对方的脸。时光，走得比我们想象的要快。

还记得，有一个姑娘在最美的年华，行走在时间的花海中，带着淡淡的美丽与哀愁，细细品味步履起落间，瞬生旋灭的感悟；哪怕花开花落，光阴无情，山河无意——她誓不改初衷。因为，在她的身边，站着有情有义的朋友——是文字，是那些自由的风，记载了悲欢与离合、前世与今生。

目录
Contents

第一辑　我等你，你不来，我不老

一日长安 过往千年 \003

广州的春天会下嫩绿的雪 \013

去武汉，看人间烟火 \019

梧桐影下的暧昧情思 \029

有一座城，叫北京 \043

第二辑　刹那间，珠帘动，流年去

缓缓流动的时光：丽江记忆 \055

三生花草梦苏州 \069

浮生几日锦官城——成都漫话 \078

在厦门，时间是用来浪费的 \092

第三辑 谁明了，千年心，万古愁

一个人，黄姚古镇里寻往昔 \105

恋恋阳朔 \109

烟雨西塘，追寻这一季的风花雪月 \117

福建土楼，围起来的生生世世 \124

第四辑 一面湖，一片山，几点云

请允许我在梁子湖终老 \133

最忆是西湖，烟雨蒙蒙 \142

你是落入人间的一滴泪 \150

闲作庐山一片云 \156

第五辑 请记得，我爱你，如最初

时光机里的香港（1） \165

时光机里的香港（2） \174

台湾，你是我心内的一首歌（1） \ 183

台湾，你是我心内的一首歌（2） \ 190

请带我去澳门，寻找一个梦 \ 195

第六辑 多少人，用一夜，过一世

回望我的达拉斯时间 \ 205

亲爱的，我们去 Las Vegas 吧（1） \ 216

亲爱的，我们去 Las Vegas 吧（2） \ 222

第七辑 听沙语，看花飞，念来生

童话里的蓝白小镇 \ 231

卡萨布兰卡，恍若百年 \ 237

第一辑

我等你，你不来，

我不老

总有一个角落有你的故事，

总有一条道路你无比熟悉，

总有一种气息你无法忘却，

来时都是爱，

走时都是恨，

怀念起时都是泪。

一日长安 过往千年

从东都到西都，瞬间千年

从三门峡南站上高铁，到西安北站下车，一路上在想很多。车厢里大部分都是观光客，很庞大的一个旅行团。看他们的行李都是大包小包，什么唐三彩、牡丹花之类的，每个人脸上都抑制不住的激动。我想，他们肯定是先游了洛阳，现在去西安，真喜欢他们这个路线。到了这两个城市，大半个中国的历史都尽收眼底。古人说"若问古今兴废事，请君只看洛阳城"，古人说，"望西都，意踌躇"……

我记得从西安北站出来，迎面而来的就是"一日长安，过往千年"的宣传广告牌，正是这句话，顿时让我对西安充满了感情。这感情是虚拟的，却又是真实的。

说虚拟，是因为自己以前从未来过西安。西安的印象是书里的，是电视里的，是贾平凹和陈忠实小说、随笔里的……

说真实，是因为十年前就给这里的杂志投稿，《女友》、《爱人》、《家庭之友》、《当年青年》……印象中，西安的杂志铺天盖地。西岭雪主编的《爱人》月末创刊号还被我珍藏。我是它们的老读者，一看就许多年，它们陪伴我走过了无数个春夏秋冬。

就像第一个约稿编辑带给我的那种惊喜，我只记得她来自西安。当年我刚大学毕业，正是懵懂之时，她带着《爱人》杂志的惊艳亮相，给我带来的那种鼓舞雀跃至今难以泯灭。所以印象中西安就在咫尺，正如她的容颜，并不陌生。甚至亲切得似是自己的邻居，可亲可怀。那个编辑说的西安话，甚是动听。

又比如这次的惊喜。西安之行，纯属意外收获。坐在出租车里，我就在心里暗自偷乐。我知道从西安北站打车去钟楼，那条是文景路；我还记得，西安有条未央路。书上常说，一个城市的文化底蕴和历史积淀是随处可见的，西安犹是。虽然我不是一个很懂得历史的人，但我也喜欢有历史感的东西。

摇下车窗，你便可以瞧见西安那些泾渭分明的街道，透过今日的繁华依稀可以看到汉唐长安城坊肆的喧嚣；车至古城中心，一路看着古城墙，不禁浮想联翩：两千年前的卫青将军接天子授命，出未央宫，马踏匈奴，是不是也曾经经过这里？我对西安的倾慕，除了年少时对文学追求的一种美好情怀，很大程度上是因为卫青，因为脚下这座城是大司马大将军拜将封侯的地方，是卫子夫母仪天下的地方，也是卫青迎娶平阳公主的地方。骑奴尚主，在我眼里一直都是中国古代最美的爱情故事，比梁祝真实，比孔雀东南飞美满，比凤求凰更没有遗憾。也许只有在长安这样厚重、兼容、开放、博大的地方，才会诞生骑奴尚主、歌女皇后这样的爱情童话。

踏在这片土地上，第一次觉得，其实我也可以与卫青这么接近，只因为我脚下的也曾是他走过的土地。

原来这么简单，从东都洛阳到西都长安，就可以触摸千年。

长安月下，华清池上

在还没去西安的时候，我就惦记上大唐芙蓉园了。

我知道，那是一个古建筑成群的地方，应该就是小说里写的那样，深深花木，悠悠亭台，檐牙飞勾，雕梁画栋了。

这样的地方，应该适合拍电视剧的，建筑是现成的，稍加修饰就可以。我一直认为《贞观长歌》就是在那里拍的，虽然现在也不确定。

不去验证，是因为对结果不是十分的好奇，是与不是，又能怎样呢？事实上我更希望是，也约略怕自己会失望。

又听人说，大唐芙蓉园内还有"梦回大唐"的表演，我对这个名字有着特殊的感觉，在《贞观长歌》中，有一句歌词是"梦回大唐可看见，遗留的诗篇"，这"梦回大唐"的表演，名字是不是就出自这句歌词？但也有可能，歌词里的"梦回大唐"是由这个节目得到的灵感。谁先谁后，我还不知道，就算分出先后，又能怎样呢？说不准二者根本就没有关系，只是我对这几个字太敏感。

可惜的是，时间太匆忙，我没有赶上去大唐芙蓉园，也没能看上"梦回大唐"。只是在大雁塔附近的老店里，吃了碗岐山臊子面，那是在别的地方享受不到的口味，至今仍是怀念。出来时，明月已高照，正是秋高气爽的时节，广场上人流如织。在亚洲第一音乐喷泉边，跟大多数人一样，我按下无数次的闪光灯，留下欢乐的笑颜。但我并没有进大慈恩寺，只在外闲逛遥望大雁塔，穿过充满现代气息的唐文化方街，经过临水的阁楼和迂回的长廊，在皎洁月

光的沐浴下，一瞬间竟让我产生些许时空错乱感。这样的错乱感在后面的几天仍不断浮现。

第二天我们去骊山。城外高速公路两边垂柳处处，石榴点点，甚是美丽，犹似爱情。

那场惊天动地的"黄昏恋"就是在骊山拉开序幕的。那是历代皇家的行宫，一个很不叫人安分的地方，比如周幽王烽火戏诸侯的事儿也是在这里做出的。结果，亡了四百多年国祚的西周。再后来，唐玄宗在这里遇到了杨玉环，断送了开元盛世。

到了骊山，我们直接就进了华清宫。那是晚唐时期唐明皇和杨贵妃的住所，宫内全是雕梁画栋的古典建筑，红漆的柱子，大红灯笼，耀得人眼睛生疼。我一直认为古典建筑就该像电视里演的那样，肃静的颜色，临池而居，安静恬美，却忘了这根本不是江南的园林，而是皇帝和贵妃的住所，它不讲究优雅，而是要有那种慑人的皇家气势。华清池是在室内的，池底和房内的地面足有三四米的悬殊，只是不知道是地平面的升高，还是一早的设计就是那样的。

一共看了四个浴池，杨贵妃的、唐明皇的、唐太宗的，还有后来蒋介石的，据说当初西安事变的时候，蒋介石就是住在这里的。

池外有座杨贵妃的雕像，白色的，裸体，赤脚，与这里浴池照应。白色的雕像，不知是用的石膏还是什么石头，我没有走近去看，但猜想可能不是石膏，露天的地方，日晒雨淋的，我想石膏禁不住。

杨贵妃的雕像，看不出有多么美丽，一定不是她的本貌吧？我想象不出她有多么的美丽，但认定那是一个绝顶聪明的女子，虽然她有自己的美丽，但佳丽三千的皇宫里从来不缺美丽，要想宠冠后宫，一定有她的独特之处和玲珑的心思。

华清宫内最让我动容的便是御净轩前面那修剪整齐的两壁翠竹了，青葱的竹叶随风微曳，细细碎碎的沙沙声萦绕耳畔，让人连审美都愉悦了起来。

竹间是曲折的石板小道，干干净净，几步的路程，通往御净轩。

午后的风很温暖，伴着阳光。垂柳处处，随风而动，秋水依依，微波荡漾。

这样的景色是美好的，比外面都好，我以为园内也会有很多人，却是料想错了，园内的游客不算很多，也许是园子太大的原因吧，大家都被分散开来。我喜欢在这样少人的地方，看着清澈的水面畅想一些莫名其妙的东西。蓦地就记起一个女人给自己恋人写的情书，她说，我等你，你不来，我不老。

又想起他曾在醉后独自成语：每次醒来，你都不在。

请允许我总是被这种最似水流年的话打动得体无完肤。而此刻，又是在此地。

远远的，毗邻波光粼粼的河面，拽动的垂柳欲语还休，仿佛1500年前的那丝缠绵，总还未曾散去。

从前世到今生，亘古不变

我对秦始皇陵兵马俑没有什么特殊的感情，即使它是世界第八大奇迹。

可在去的旅途中，你会发现，沿路都会有一副对联：翻身不忘共产党，致富全靠秦始皇，横批：感谢老杨（秦始皇陵兵马俑的发现者）在不断地闯入你的视野，会深深地触动心灵。顿时，我明白了，这秦始皇陵兵马俑在当地农民心目中的分量，不仅说在嘴上，而且贴在门上，细细想来，还是颇让人感慨。

其实，秦始皇陵兵马俑只是秦始皇陵微乎其微的一部分，却也大得不得了，已经开采出来的就有几万平方米。兵马俑分一号坑、二号坑和三号坑，那些兵马俑，远远看上去，并不怎么惹眼，没有历史书插图里的那种恢宏的感觉，很多导游都说，因为没有保护好，渐渐损坏了。

而我向来又是喜欢美好的东西，干干净净、明明朗朗的，对于那些泥塑的人像，自然没有多大的兴趣，但去了总要看看。亲眼所见的兵马俑密密麻麻的，它们或站或跪的姿势，却似把那个朝代定格了。回顾历史，总觉得时间太快；回顾历史，又总觉得时间太慢。一代始皇，沧海桑田，全都被埋在另一个空间，只留下被时光剪裁了的山形。

好在，我终究能够公正地去评价一些事物，而不以自己的喜恶而加以赞赏或菲薄，虽然不十分喜欢兵马俑黄土泥人的景象，但不得不佩服我国古代人民的智慧，那么多的陶俑，竟然可以做到每个人的表情不一样，并且掌纹的脉络都能刻画得出来。

还有那些精巧的马车，青铜伞罩的拆合使用，连现在的高科技都做不到。

行家说，第一次看兵马俑，看的是阵势，看的是人性；第二次看兵马俑，看的是表情，看的是人心。

他们有的微微喜，有的微微悲，有的淡然，有的坦荡。一张一张脸看过去，总透着千般不同，好像想说些什么，可又缄默不语。但一个恍惚，他们却又突然没了神，好像之前的灵魂就从不曾存在过。触目惊心的是那些尚未修复的彩俑，色泽艳丽，像是才刚刚过油的。倒在碎片中，眼神清澈，看着过往的来客，殊不知，这一幕他已看了几千年。我们匆匆而过，他却亘古不变。

走出地面时，已近黄昏，我恍若有些隔世——岂不是隔世？在初秋的夕阳下，庄重的博物馆显得尤为神秘和深邃。好像几个时空在此地交融。我们总是在追问，人的百年之后究竟有没有灵魂？但我想，无论是怎样的答案，在某些时候，不得不承认，我们似乎是看到了某些东西的轮廓，或是触碰到了一点点边缘，但说不出来，以至于在那样一个充满气场的地方，忽然失语。

静默片刻，然后，上路，继续走。在离去的时候和兵马俑博物馆拍了最后一张照片，想着什么时候再见。

我知道，它们是会一直守候在这儿的。

广州的春天会下嫩绿的雪

多年以前，初春的武汉寒气未散，我和小绿决定在温暖的广州静静地享受春风。

直到回来以后忙着公司的各种事件，穿梭在拥挤的车站里，突然想起广州地铁里萦绕耳边的粤语。坐在电脑前忙碌的间隙发呆时，想起玲珑沙面岛的浪漫和那个悠然徜徉的午后，想起阳光透过石室圣心堂的玫瑰窗打在小绿脸上的五彩光斑，想起下午坐在海心沙吃着榴莲顶着温暖的霞光，想起入夜后荔湾美食节喧嚣的市井人间烟火味。

这就是广州，不是一个看头十足的旅游城市，却像一个偶然遇见的风情女孩，一个回眸，在这个没有冬天的城市里，温暖、真实而平静地渗透在生活的每个细节里，这是属于广州这座城市的鲜活。

柠檬黄与苹果绿的白日梦

的士司机操着一口儒雅的粤式普通话跟我们说着自己儿时在沙面岛13分钟跑一圈的快乐童年，跨过那座石桥，下了车，时间便慢了下来，两个初来广州的姑娘就一脚跌进了这个柠檬黄与苹果绿的白日梦里。

有历史沉淀的欧式西洋建筑是我和小绿漫步一个城市时的最爱。

日光倾城的午后，广州后花园的宁静需要慢慢用步伐去丈量：古树成荫的沙面大街两旁，是彩色方盒子形状的房屋；新巴洛克式的卷廊，混搭着中西合璧的民国风格建筑群，街上走着三三两两的文艺青年和前来拍婚纱的恋人。

沙面的风情建筑表面上被翻新过，但很多建筑已经人去楼空，漫步在沙面大街，看那些排成一排排被盖上灰尘的旧报箱，使人分外怀旧。阳台和窗楣处讲究的橄榄枝雕花，一扇门上贴着一张落满了灰尘的纸条："某某某请回电，同学某某找。"走累了，坐下点一杯咖啡，信手写下温暖的明信片投进墨绿色的老旧邮筒里，感受那份静谧和灵性。这灵性里有战争时期英法侵略者留给我们的财富和伤痛，也有民国时期的老旧往事，还有寻常巷陌里隐约能察觉到的温存细节。这些东西，才是超越倾城暖阳与异国建筑的风情所在。

石室圣心堂的玫瑰色冥想

从沙面出来顺着珠江边漫步，穿过纷繁杂乱的杂货批发市场，拐进一德路就是魂牵梦绕的石室了。来广州之前，就计划好了要在石室圣心的彩光下，什么都不做，就在长椅上冥想，让自己工作以后日渐疲惫的心和烦恼放下，就这样奢侈地待上一下午。我想石室的风情就是刺眼的阳光通过玻璃投射进来，变成柔和五彩圣光的瞬间吧。

夕阳透过彩色的玫瑰琉璃窗，投射在身上，我和小绿找一个长椅坐下，闭上眼许一个愿，感受悠扬的管风琴，仿佛瞬间回到了西岱岛上的巴黎圣母院。

寻味而去，一片吃心在旅途

因为不会说粤语，又希望在这个满口粤语的广州不感到陌生，我约了在广州本地的几个好友一起出来吃饭。"一片吃心在旅途"的我们漫步在清晨广州的街头，广州的灿熙一家带着我们去荔湾湖边的饭馆吃广式早茶，烤鹅、云吞面、马蹄糕、虾饺、卤水、蒸凤爪，还有最经典的广州肠粉，寻味而去，一天的幸福时光便从早茶

和广州人的热情中开始了……

一车人一起在海心沙公园里兜风，灿熙一对在红砖厂里送给我和小绿的广州地图丝绸画，制罐街里被摄影师街拍……这些遇到的人和事所构成的广州市井文化是有别于其他城市的标签，当然这市井绝非贬义，是我和小绿中意的市井，真实得很温暖。

陌生的城市不再感到陌生

我们在广州晃荡了一个星期，有时走在上下九的繁华街道上；有时待在北京路的新华书店里；有时站在小蛮腰俯视广州。可我俯视得远远不够，尽是广州的一小片。

我知道，哪怕我走遍了广州、却依旧走不到它的尽头。

我可以知道长寿路有多少个店铺，我能够数清中山七路有多少棵树，却不知爱群大厦墙壁上有多厚的灰尘，也数不清天字码头的石壁有多少片青苔，又看不见伶仃洋的波澜上有多少渔船漂浮过。

知道如何，数清了又如何？还不是看不见多少人在广州走过。一段段灿烂的历史，谁能追溯？

临了，我和小绿与从未见面的广州好友相约，一起在北京路逛街聊天，感受北京路的熙熙攘攘，夜市的热闹，车水马龙的繁华，像许久未见的闺密，让我们在陌生的城市不再感到陌生。

这些旅途中不确定的随机性事件，和热情广州人带来的意料之外却又情理之中的惊喜，和那些真实的人情味，是这次羊城之行最难忘的部分。我想这可能是因为漫长的海岸线和温暖的珠江水让广州人变得追求生活的细致绵密，人情世故也在细腻中透着包容。

广州的春天会下嫩绿的雪

返程的飞机上，小绿问我在石室圣心堂冥想的那一个下午都在想什么。我想，她知道答案。两个步入社会不到一年的姑娘，面对那么多未知和压力，我们有自己的态度，却在现实的坚持和妥协中让自己的思绪变得渐渐混沌。一次次的出发，总有遗憾，但却无悔。青春有限，可能从20岁到30岁之间的这十年的那些篇幅，那些迷惘，那些逃离，那些和内心的对话，那些空间的维度要比其余几十年加起来的内容还要多。

我知道旅行解决不了生活中的问题，旅途中也并非都是快乐，回到现实睁开眼睛，生活的一切又开始流于平庸。但正是我和小绿一起一次次的逃离，让我经历了很多在我哭过笑过奋斗过彷徨过的城市没有经历的那些人和事，可以改变自己很多想法，那些混沌也在对另一个新的空间的探索中渐渐梳理清晰了。

而最重要的是，我知道了，广州的春天会下嫩绿的雪。

去武汉，看人间烟火

　　最好的朋友在武汉找到了幸福，去年这时来参加她的婚礼，今年再见，笑靥如花。金金为了给我一个悉心周到的安排，在前一个周末骑车5个小时绕东湖踩点，去年就买好了景区的门票等待，这样的心思，不能只用感动来形容。一个拿佳能，一个玩尼康，我们的第一站，自然是古琴台。

风声呼啸，我只知道我的六弦琴还未弹断

高山流水，幼年就知道这个传说，如今能走入传说，几次心跳加速。

是谁一弹千年，只为一个人。故人不辞而别，等待成了永恒。如今耳边响起这琴曲，让每一位来客都放慢了脚步，轻轻地，轻轻地，唯恐惊扰了弦意禅钟。

伯牙焉在，子期何往。走遍整个琴台，却找不到二人的踪影，难道故事注定悲伤，结局只剩惨淡?

两只飞鸟在屋檐对唱，我忽然明白，任何一种形式的高山流水，都有美意，而个中故事，并不为他人去听去传，只为彼此，只因懂得。

又是否，人生难得一知己，更难得一位同路人。你的每个心念他都懂，每次选择只有他明白。不管人前多么风光，不管经历何种风浪，在他面前，你可以毫无形象、毫无作态、畅所欲言，可以饕餮豪饮，也可以对酒欢歌，可以泣不成声，也可以纵情大笑。也许不能同行，但结着"心印"，不管你走到天下的哪个地方，他都能听到，能懂得。这样一个人，终其一生能否寻得? 风声呼啸，我只知道我的六弦琴还未弹断。

光影交错，不因物喜、不以己悲

都说南京有大爱，因为法桐。可到了武汉，看着满街的梧桐树，才知道什么叫爱得深沉。

历史也许没有过多渲染这个地方，但行走其中，谁都可以感觉到当年的气魄豪迈。

经历多年变革的老房子竟如此干净明澈，宛若教堂般优雅迷人，宠辱不惊地静立着。这气质像极了一位穿旗袍的女士，不争抢、不炫耀，岁月从面庞划过，却留不下苍老的痕迹，只是一直这么平和、安静地生活。

喜欢这样的角落，漂亮的几何图形切换出不一样的天空，没有过多粉饰，自然即永恒。

书卷摊开，小楷记述。都是一腔报国之情，"辛亥"也好，"八一"也罢，在这里，谁胜谁负已不再重要。

穿越历史的长廊，总是光影交错，不因物喜、不以己悲。

经历多少沧桑变幻，都以最坦然的心境去面对，这也许就是武汉的大气所在。

亲耳聆听、亲肤相触，才发觉原来最好的就在身边

之前对于楚文化的了解，只因身在此山中，那是少之又少，多年之后的这趟武汉之行，让我对楚汉文化几近痴迷。

阳光明媚，武汉春暖。梅花未谢，樱花含苞。这样的日子里，两姑娘每人租一套汉服，就这么开始了戏耍自拍。

一种文化穿在身上，才彻底感受到它的精髓。每一步都静静轻

轻，不敢让这美丽的衣衫沾了尘土。宽长的袖子、紧束的腰身，上衣下衫，用罗、绢、麻、棉、纱精细地层层织起，绣上百花，每一件衣物都有讲究，每一种穿戴都是礼仪。难怪宋朝郭靖为了"不弃汉衣"而自杀，这种随身而动的历史文化，现在竟很难见到。

金美人的一袭蓝衣让相机停不下来，"巧笑倩兮美目盼兮"，双手向天，真让人想随她奔月而去。

雄风犹在，只是这荆楚城郭在春意中多了几分妖娆，连战旗都变得柔和了。

工业带来了速度，却磨失了精细。这清代的瓷杯，可以作画写诗，每一处都纹路清晰，独具匠心。

瓷器、漆器，最终到宝石美玉，博物馆陈列的美物隔着历史震撼着我们的心灵。这明代的金箔手环，不也是现今的流行？

一处挂帘，用雕刻精细的玉石串成，古时的工艺，为何现今无人沿袭。

金钗插在发上，定是起到了几分稳重的功效吧，镜前细细打扮，最后一步插上这发簪，整个人都变得瑰丽耀眼。暮色时分，轻解罗裳，只轻轻一抽，乌黑长发披肩垂下，更是另一种迷醉。

最喜欢的，还是这陶人。那个时代，对万物还保留着原始的敬畏，神话、想象也就不受局限，天地之间生灵皆有它的命数，谁都不慌不忙地过着日子。直到有了利益，人也就不再安于平淡，宝剑铸成之日，寒光一道，惊醒了沉睡的预言。

寻找楚文化，要靠耳朵。坐在台下，看编钟撞击"宫商角徵羽"，高高低低，时缓时急，音阶幻化出大气磅礴的汉王朝，皇权、威严、江山内外，一统天下。这样美妙的声音，为何我今天才听到。传承几千年的民族乐器，为何越来越不受重视？

也许，我们该想想，世界为什么常常少了中国的声音，选择做沉默的大多数，也许不会受到伤害，但也只能一直沉寂下去。一代又一代，我们追逐西方流行、日韩旋风，却从没有回头看一看，老祖先留下的才是最宝贵最独特的财富，身体里流淌的，是骄傲的中国血液。一如这楚乐汉服，亲耳聆听、亲肤相触，才发觉原来最好的就在身边。

现世的武汉，有滋有味有生活

爱一座城跟爱一个人很像，可以不在乎过去，不奢求未来，但，必须过好现在。现世的武汉，有滋有味有生活。

讲个笑话，一游客走到武汉，对着东湖喊了一声：啊！大海……是的，东湖之大，全国称最。泛舟湖上，体味烟波浩渺。金金跟我说，她最喜欢这水雾天，空气湿润，一切仿佛在画中。武汉湖泊众多，很多不错的小湖竟连名分都排不上。

若是看花，来武汉吧，梅花之后赏樱花，各种姿色，美不胜收。

春天的温暖该是被这里吸走了一半吧，如此娇艳地层层叠叠地开着，也仅仅是公园一角。

可以随意古今穿越，也可以躺在草地上来个小睡。天晴的日子，手触阳光，寒冷散了，心也亮了。

步行街、购物广场，武汉的生活丰富恣意，又总在很短的时间给你下一个惊喜。

湖边散步，感受新老建筑的交错，每一家店，都有自己的格调，有趣的店名，也成了我此行的一个收集。

约上三两好友，静静地喝茶聊天，在阴雨绵绵的日子，咖啡店给足了温暖和空间。

兼具了南北特色的武汉美食，一日三餐，连续吃一个月都不会重样。湖里的莲藕，新鲜的鱼，烙好的饼子，做好的面。武汉美食是天下美食的完美交汇，自产的丰富食材又让传统的餐饮锦上添花。

热干面饱含了武汉人的豪爽、风趣，也馋坏了多少过客，一条户部巷，就是吃货的天堂。

在武汉，可以品尝高档精致的美食，也可以随便找家街边摊解

馋，大师傅的厨艺，油盐酱醋的魔术，仿佛吹口气的功夫就出一盘好菜。还有小吃，面窝、蒸糕，红糖的心儿透着诱人的香气，走再久，这回味也能把人拉回来。

最难忘那一顿冷锅鱼，25元一锅的新鲜鱼肉，无限加肉，新鲜蔬菜、粉肠、面、饼无限免费。两个吃货有说有笑地吃了三个小时，撑得相互搀扶不敢迈步，一边没心没肺地笑对方没出息，一边揉着快撑裂的肚子。

武汉处处有小爱，连交通标语都变得温柔，同是执法，这撒娇发嗲的话语透着人性的温暖。

还有那对老夫妇，儒雅地散步，老先生双手牵着太太，老太太三步一笑少女般羞赧。我顿时想要留在这里，好好看一看这城市，好好过一过这生活。

梧桐影下的暧昧情思

在上海的街街角角里，不期然，你会感觉到欧洲贴面而来，形形色色地在这个城市中存在过或者仍旧存在着的物和人都在染满这里的窗棂，慢慢地潜行在这个城市的夜色里。

所以，在上海不同风格的弄堂里行走、生活，像是在历史里浮浮沉沉，在表面的沉静里可以体味更多的意象。

我曾在现代的上海借住过，细细碎碎中竟有许多微妙的感觉，随随意意地写下来，也算是梧桐影下的呓语吧。

新乐路，有着真正古老的欧洲情调

下午，David打电话约我一起晚餐，地点是新乐路上的尼泊尔餐厅。

回住宿换了长裙，外面雨下得很大，点点滴滴地敲在积水的地上，有些音乐的节奏，却让我想起闲在大学宿舍里的感觉。

David的车子等在小区的外面，我踩了积水走过去，裙摆有些湿，慢慢地重起来。

打开车门，David在前座上，正听着手机里一个女孩很温暖的声音。

从襄阳北路转到新乐路，路过一座具有古俄罗斯风格的东正教堂，这是1931年的建筑，古朴圆浑，孔雀蓝色的鼓形穿顶，奶白色的墙面，非常平和与美丽。

车继续在幽静的新乐路上滑行着，一枚枯黄的梧桐叶亲密地依偎在宽大的车窗上。

新乐路旧名亨利路，原属于法租界，沿着街悠闲地走过去，可以看到一些西式的房子，精致的铸铁阳台上，攀满了深红的藤蔓，有着真正古老的欧洲情调，又有微末的隐秘和被遗弃的东方式的氛围。

雨丝丝缕缕地缠绵在树间，落叶潮湿着，散散乱乱地铺在街道上；草也是湿润的，暗绿地闪烁微光；一只未归巢的灰雀羽毛微湿着，单薄的翅膀在细雨里展开，伫立于疏落的枝间，迷离而寂寥。

湿润的车轮停止在一扇幽雅木门边，尼泊尔音乐丝丝缕缕地随着雨丝缠绕过来。

这个尼泊尔餐厅很有风格，昏暗的灯光，浓重的印度香料味，楼下有些平常，楼上是色彩丰富、构图独特的地毯与坐垫，坐垫散乱着，很多，包围着五六张矮桌。

可以靠在柔软的坐垫上，懒懒地躺在地上，尼泊尔的音乐若有若无地弥漫着，手中的一杯清酒在光线中变幻着颜色。

把临街的窗推开，雨丝星星点点地进来，街上的喧哗近了又远去，总有身在青灯之侧的韵味，大隐隐于市，必是此理。

David点了香辣羊肉、卤汁豌豆、生炸肉饼、黄豆汤。

尼泊尔的菜，以香辣开头的菜有很多，统称Chilli，蔬菜也可以这样烧，例如香辣菠菜，我非常喜欢。

而黄豆汤是用尼泊尔黄豆磨成粉，加特有的调料Lentil，味道很独特。

其实在尼泊尔，吃饭的时候，把饭放在大盘子的中央，菜围在周围，汤和酱汁浇在饭上，然后一起拌一拌，就可以用手拿着吃了，有点像印度的食法，不过在这里也就不必用手抓了，可以用刀叉。

吃着尼泊尔的美食，David的眼神从楼梯口随着上菜的小姐一路飘过来，尼泊尔的服饰有一种异域特有的美丽，穿在女孩的身上显得纤细、柔弱而美丽。

我慵懒地躺在具有中古风味的尼泊尔音乐里，感觉自己又回到了Patan，漫步在杜儿巴广场，坐在Cafe de Pagoda的顶楼阳台喝咖啡。

雨柔软地在窗外静下来，夜色拥抱着时而飘落的叶子。

思南路，有盏小灯朦朦胧胧地亮着

思南路是当时法国租界里最重要的、也是最美丽的马路之一，在法国和西班牙四处可见的梧桐树，一直伸向马路的尽头。

风景是四季各有曼妙之处，即使在春雨连绵的现在，落叶印在淡绿的人行道上，剑麻细长的叶子上有清亮的水。

慢慢地走在细雨里，绿草丛丛密密地映在视野里，思南路原属法租界，上海很著名的一条街道，很优雅很寂静，平时就少有车走，下雨里更是清静之极。

已是夜色昏暗了，铸铁的灯柱静静地一线排出去，伸展到远处，球形灯散着乳白色的光线，迷离地在细细碎碎的雨丝里。

有时会有一辆白色的轿车悄无声息地滑入附近的弄堂，像极了黑白版的影片，阴影随着车灯的熄灭再次柔软地贴在地面。

我喜欢这里密密的梧桐，纤薄的树叶在细雨里轻颤，有一种音乐的和声，于雨滴落在地面的背景音里重复变换。

从这儿到我的住处，需要穿越蜿蜒的小径，沿着树与草拥抱的细径慢慢走进去，偶尔会有一片落叶飘坠，湿润地吻在我的衣服上。

经过一个古堡式的建筑，由春季的淡绿而夏季的深绿至现在的紫红的常春藤密密地围着，满墙都是这样有丰富色彩的植物，高处有一个小的方窗也被常春藤艺术地装饰着。

非常美，非常怪异。

弯过几个绿意丛丛的转角，是一个灰色的建筑，这就是我的府邸了。慢慢地走上五楼，每一处楼梯都有一个小的窗户，从窗口望去，如同一幅油画，是俄罗斯风格，富含自然之深意。

静静地停泊在我的小屋里，如同一个倦飞的游鸟栖息在温暖的巢里。从云南衔来的东巴雕塑神秘地凝视着空无处，色调强烈的藏饰挂在淡灰的墙上，与一幅描述高山湖泊秋色的油画相依相偎。

打开电视，正放着一个法国影片，轻柔的法语优雅地在静寂的空气里游动。

留了一盏小灯朦朦胧胧地亮着，把自己埋进柔软的羊绒被，玫瑰在灯光里完全地开放着，显现着最后的美丽。

隔壁隐约传来Danizeiii序曲，优美的乐音在夜空中回荡，细雨在窗外喧嚣着，我在自己的巢里，有着孤独的冰冷，一盏青灯等待着不会出现的爱人，软黄的月在纯静的天空里悄然划动。

瑞金花园，一如秋千平静地在月色里

祺儿与我经常去瑞金花园，这里是有着白色秋千和大块大块绿草地的欧式花园，在都市的中心，有7公顷的绿地，真是非常非常的奢华。

这里昔日是卖鸦片的盛家老三的宅邸，民国时宋美龄的官邸，后来是尼克森、季辛吉的国宾馆，园内有小桥流水，风格不同的亭子及葡萄架长廊，大理石喷水池，如茵绿草之上，植有名贵的花卉和参天古树，式样各异的五幢古典式别墅散落其中。

都是极美的欧式建筑，静谧和谐，有红色的瓦顶，窗子的两边，有藤蔓般卷曲而上的柱子，小而细长的、深陷在墙里的窗子。

祺儿是一个美丽颀长的双鱼座女子，步态柔软而媚，露肩背心，紧身低腰牛仔裤，牛仔的边际处有一朵娇艳硕大的花形文身。

她低低的露着腰，细小有弹性的腰肢在夏夜里，有奇异的性感美丽。

脸上化着淡得看不出的妆，细眉细眼，典型的上海女子。

在Face酒吧的若有若无的音乐中，我们走过长着密密香樟树的细径，有时踩着地上的树影和叶子，偶尔可听到叶子轻轻地挣扎一下，"噗"的一声。

这里没有明亮的路灯，路灯在梧桐树叶里暗淡地照亮着近旁的东西，地上有她的影子、我的影子、铁栏杆被拉长了的影子，可就是没有月亮的影子。

上海的夜晚常常是有雾的，空气潮湿的，也许是一种特别的诗意，这是上海滩的风水，光这一点点颜色，几个灯，就可以这么妖艳、迷离，从灵魂深处开始酥软。

天色有些深了，月光拂过空旷草坪上寂寞的白色秋千，这里安静极了，嗅到叶子淡淡的香味和风的恬静，很想想静静地坐一会儿，听听自己心里的声音。

一如秋千平静地在月色里。

Face的音乐越来越清晰地穿过迷雾的夜色，靠近着。

我很喜欢躺在Face酒吧的鸦片榻上，叫一杯Chivas regal，看着金黄色酒液暧昧地波动，散发出橡木桶的香气。

再点一支Virginia slims，静然地望着近或远的人们。

在历史的颓废与现代音乐的沉浮里放松，有些陈旧、隐秘和遗弃的朦胧。

一切的一切都是那么虚幻。

像个梦。

祺儿却不喜欢这种尘封的旧境，她更喜欢茂名南路的Judy吧。

从瑞金花园的后门走出去，就是茂名南路。

那里灯火流光溢彩，强烈的重金属音喧哗着，与一墙之隔的静谧瑞金花园恍若两个世界。

形形色色的亚裔美女，黑发垂肩的或是身材高挑的，一式都在脸上挂着高傲的我是美女的表情。

鱼一样在数不尽的金头发植物中游弋。

我们进了Judy窄小的旧式房间改成

的舞池里。

被人群和音乐淹没。

喜欢这里的黑人DJ和这里的音乐，非常high。

舞池阴暗着，只有房顶乱射着的光柱和吧台上被照得红彤彤的各式洋酒反射过来的光，击打着性感人体的忘情扭动。

祺儿在其中游弋着，像一条灵活的鱼。

她的长头发在黑暗中闪着深蓝色的光，像夜色中的娇艳的花，很美很诱人。

复兴公园，在阴暗的灯光里低语

雨很大，在窗外密密地敲击着车身，有一片杉树叶子贴在车窗上，纤小，却有一种令人感动的美。

厚重的雨，拥塞的车流，两侧的树滴着水，车刷焦躁地在车窗上移动。

沿着皋兰路行驶，这是一处闹中取静、不闻于世的小马路，车进入了复兴公园。

朋友朱直接把车停在了Park 97。

可能是时间还早，或是由于暴雨的原因，人稀稀落落，在阴暗的灯光里低语。

坐在松软的沙发上，朱的声音软软地从高处覆盖在我身上，使我昏昏欲睡。

从包里拿了一张白纸与笔，放在长形桌子上。

在纸上缓缓地画着树枝与曲线各异的花瓶，空寂的沙发围着它们，一个人的背影在窗前，阳光淡淡地滑入空间。

自己也就入画了，如同那个背影无意义地歇在白纸里。

白纸外，朱还在絮絮地讲着无关紧要的琐事，大大小小，形状各异的人类都在喧哗的讨论之中。

我在白纸里，想着昨日走过的一道小桥，流水静谧无波。垂柳柔软地依偎着秋风，细小的落叶一枚枚地飘摇而下，很有些道骨仙风。拾起一枚，有几抹萧瑟的暗黄，叶脉沧桑地深绿着。想起小时，放了许多这样的秋叶在书里，不觉中自己已进入人生之秋了。

镜中的我也有几分秋意了。

一束枯干的香水百合黯然不语，我也不语，只是秋色日渐浓重了。

有些恍然，远远近近，近近远远。

雨在外面歇了，男侍者走过来，点了蜡烛，看微红的光在房间里流动，光影变幻着。

心里懒懒的，意识里也没有什么，只是让时光从手中漏下来。

漠然地看看朱，突然觉了自己的寂寞。

假装去洗手间，自己逃出来，在雨后的草坪上。

这里的人开始多了起来，喷水池前站满了人，许多人手里拿着啤酒罐，边喝酒边等待座位。

不断有新人来到，淹没在人潮拥挤中。

也许大家都一样，寂寞的晚上，便来到这里。

可以清楚地看到近处一个女孩子紧致的皮肤、秀气的鼻子，微微上扬的嘴唇以及秋水般的眸。我想象着她的生活，她是我的风景，而我又是谁的风景？

心里刺痛着，在这个蓝色星球上找不到自己的位置。

很久以来，都想做一个流浪女人，与所有的存在都没有关联。

在天与地之间，只关注自己的灵魂变幻浮沉。外界的感知将不再重要，在四周岑寂里聆听意识深处的笛声。

在一个阳光美丽，落叶堆积在秋草之上的季节，做一个流浪的飞鸟，在秋叶的坠落里感受不断地沉入土地的宁静。

只想沉静，不再随着风而动，只想坠落，依附于安稳的土地，于荒草之下安眠。

在人潮拥挤中，真的不知道自己在寻找什么，只是有着躁动，虽然神情平静着，眼神是淡然一片。

这样的年龄，却还是渴望着碰撞，一种撞击，或是粉碎，让所有的日子都因之而破碎。

在青葱的岁月里，那个背着一个大书包，磕磕碰碰走过来的女孩还呈现着过去的颜色。

心中的理想还是非常遥远，不可触及。

需要慢慢地体味自己的各种感受，这种凄冷在夜色里酝酿得这样浓，渴望有一双手握住我。但不再幻想，依偎着自己的影子温暖着。

衡山路，有一家店藏在簌簌的梧桐树后面

上海的空气中有一种腐朽的美，许多上海女孩子以70年前摩登女子的姿态展现精巧细致的风格，旧上海的风韵一点点地浸透在昏黄的路灯下，柔软而又颓废。

黄色的路灯，像烟一样的在树下和街道上隐隐约约地照着，梧桐斑驳。

我从淮海路转入衡山路，这里在名气上有些像北京的三里屯，是上海酒吧的主要聚积地。

这段路给人的整体印象，是休闲。在这短短的几百米的马路两旁，满眼是爬山虎、古树、香樟、梧桐，路边是白色的椅子、酒店、饮品店、酒吧、红茶坊以及一些神秘兮兮的场所。

这里很洋，连那些店名都取得洋气十足。"欧等"、"哈

罗"、"PCB"、"毕卡第",有的甚至只见洋文,没有中文的痕迹,比如BOUIBON STREET,有着米白色的墙,红色的洋屋顶,白色的百叶窗。

当然也偶尔中国味浓浓的照片名称,比如"寒舍",比如"时光倒流",前者像是东方雅士,后者则流露着浓浓的怀旧气息。

走过香樟花园,那棵高大的香樟树穿墙而过,树与建筑成了不可分割的整体,营造着独特的韵致。

一路往南,有一盏铁皮灯远远地亮着,散发老上海的殖民气息,看上去旧旧的。

走过去,有一家店藏在簌簌的梧桐树后面,毛毛的墙面,西班牙式样半圆的长窗,音乐断断续续地,安详地传来。

因为喜欢它的不张扬,就进去了。

里面很精巧,在温暖的褐色背景里,有一种优雅的调子慢慢流转。

找到空地坐下来,点起一支烟,叫了杯"血腥玛丽"。

把玩着酒杯,烟雾里看着周围茫然的人,他们各自有各自的热闹,跟我隔着一道画布的距离。

在他后面,短的木楼梯通到2楼,有一个妖娆的小姐隔着像拳击台的围墙一样的绳墙,手里端了一杯酒,从容地往下看。

有许多漂亮女子，她们抓紧每一缕眼光，在这样坦白的注视里面大声笑个不停，或者像游鱼一样灵活地穿梭个不停。

微醉着，走出去，冰冷的夜色拥着我，醺然中还在感觉音乐触摸着我，微弱的烛光，那些红的酒，那些细眉细眼的上海女孩，还有软软的嗓音，和暗色花纹的墙上一种说不出的暧昧味道。

有一座城，叫北京

　　我大学毕业，第一次出差，就被派到了泱泱大北京城。初生牛犊不怕虎，当年的我并没有被千年帝都的皇家气势所震慑，反而，因为一些人，因为一些事，让我很荣幸地和这座城亲密接触，拥有一段永不褪色的记忆。

　　时至今日，我还常常想起，北京城白色的柳絮，北京城如豆的暴雨，北京城层林尽染的红叶，北京城纷纷扬扬的白雪；我还想起，北京城的红墙绿瓦、小胡同，北京城的高楼大厦、立交桥，北京城悠扬古老的京胡声声，北京城车水马龙的汽笛阵阵……当然，还有叶子和朵朵，你们还好吗？其实，在北京古老城墙的臂弯里，我们就是任性的孩子，我们的喜怒哀乐，在北京千年的历史岁月里，不过一粒尘埃。

姑娘们，一起逛动物园

对于有动物园的城市来说，我想没有哪一座城市的动物园能像北京的动物园这样，吸引着无数年轻又时尚的姑娘。

我有两个在北京工作的同学，叶子和朵朵，如果给她们200元的话，其中一个会去商场买一件夏天应季的小吊带或者过季断码打折的品牌衣裳，而另一个，则会直接杀到动物园换回满满一黑塑料袋的衣裳。是的，北京的动物园不仅仅是动物们的家，在年轻姑娘们的口中，它还有另外一个更直接的含义：时尚的服装批发市场。因为这一大片的服装批发市场紧挨着动物园，所以北京的时尚服装界多了这样一个响亮的名字："动批"。

一个年轻的姑娘，热爱时尚和美衣，口袋里又没有太多钱，能去哪呢？答案就是动物园。虽然所有的衣服都不让试，但来这里的姑娘们都有着非比寻常的时尚眼力和异常深厚的还价功力，30块钱能买两件好看的T恤，50块钱也许就能买到一件质量非常好的原单孤品或品牌单品，所有的人挤在过道中间被后面的人推着往前走，遇到自己喜欢的风格就一头扎在面积小小的店铺里。

过了30岁，有些女人就不好意思穿动物园50块钱一件的衣服了。但隔一段时间就会很想念动物园，一定要去逛一下，尽管还是永远被人推着往前走，所有的衣服还是不让试，最爱的那家店的店美女对年轻妹子依旧是爱理不理的模样，但你就是想念。

动物园界和时尚界大概没有人想过，北京一个叫动物园的地方曾承载并体恤过无数姑娘的青春时光。如果在2002年，你看到有三个姑娘说说笑笑在动物园附近出没，那，没错，就是我、叶子和朵朵。

生命不息，战斗不止

一个人首先要能接受自己，才能真正地接受这个世界。

叶子向我们哭诉，实习工作中出了一丁点的小差错就被人放到无限大，简直是要置人于死地。"又不是只我一个人出了错，为什么只提我的错？"叶子泪眼蒙眬，我欲安慰，没想到朵朵不但阻止了我，竟还语带笑意，"北京的人才这么多，不少你一个，干不下去就回家！"我惊愕，叶子继续哭，她不说话就听着，时间静谧了几秒后，我听到她对自己说："什么时候能做到别人鸡蛋里挑骨头

都挑不出你一点错，你就成功了。"

于是，她第二天依旧早起，低着头、肿着眼去上班了，像是拼了一股劲、视死如归等着上前线的战士。改掉了粗枝大叶的毛病，又出现急功近利的苗头，一脸焦虑的模样被众人一览无余，这种状态也好不到哪里去，又开始出小错，像是某种恶性循环，最后开始整夜哭泣。彼时，朵朵也被工作指标压得快直不起腰。我们去长城暴走了一天，回来的车上我们大口喝着冰水，得出的结论是：越着急的事情越不能心急，不能让别人的步伐乱了自己的阵脚。

在枪林弹雨中一天所懂得的生存道理比在象牙塔里四年学到的东西更能促人成长。比如不让别人挑剔的唯一办法就是做到无可挑剔。比如饭要一口一口吃，路要一步一步走。无论怎样，感激那些让你身处枪林弹雨中的人们吧，没有他们，就没有因历经战斗的洗礼而变得更强大的自己！

在北京，我看着叶子和朵朵，忽然想起一句格言——生命不息，战斗不止。虽然听起来古板空洞又老套，但却是困难时候最能激励自己的一句话。

在空气中感受无限被延长的青春，多好

朵朵对我们说："等我以后有钱了，就立刻在学院路买一套房子。"叶子问："为什么非得在学院路呢？"朵朵笑笑，没说话。后来，我自己去学院路走走，才明白朵朵的小心思。因为学院路永远有那么多的年轻人，连空气里漂浮的都是荷尔蒙的味道，多么让人沉醉！我们20岁的时候，这里有20岁的年轻人，我们30岁的时候，这里还有20岁的年轻人，等我们40岁的时候，这里仍有20岁的年轻人，随着这里的空气感受无限被延长的青春，多好！

作为一个"少年控"，我在北京的初秋遇到了一位久违的大

叔。很明显，这是一场人为的刻意的安排，本着好奇的心去看看当年的实习老师是否依然翩翩风度。就像八点档的电视剧里烂俗的剧情，现实是女主角在出门前一边换着高跟鞋一边扶着门把手对家里人扬言："我告诉你们，这是不可能的，别以为我去了会有什么好脸色。"

大叔其实并不老，只是相对学院路永远20岁的年轻人来说，面容上多了一丝沧桑。并未有啤酒肚，也并未夹公文包。笑容亲切，风趣幽默。刚要准备起身，大叔会说，卫生间在左边。刚抬头，大叔招手叫服务员，加水。故意说起小时候的事情，大叔应对自如，我们小时候……然后，悲哀地发现，大叔的小时候比我的小时候有意思多了，听大叔讲小时候的故事居然听得入了迷。和大叔在咖啡馆里坐了一个下午，我喝掉了一大壶蜂蜜大枣茶。大叔坐在对面，再看过来的时候，我心中居然有小鹿乱撞的感觉，那种在少年面前的成熟自若感在那一刻全失。

有一种城市，或明亮或温婉或时尚或简约，你也爱，爱得云淡风轻，一转身就可以咫尺天涯。有一种人，清透美好纯真善良，你也喜欢，欢欣雀跃，哭哭笑笑。但随着年岁的渐长，你开始学会懂得另一种美好。你曾说你喜欢简单清透，但不知什么时候厚重风情也能准确击中你的那颗小心脏。就像北京这座城，从五道口到三里屯，从国子监到学院路，你无法用一两句话来概括它的全部，从一条路的这头走到那头，每一块砖瓦也许都积攒了一个故事，生活中不只有少年，也有大叔，北京也不只有学院路，还有朝阳路，如果生活只是坐在咖啡馆里聊天，那大叔一定是生活中最美好的片段之一。

无法旁观，爱恨恢恢

有人说，检验你爱不爱一个人的方式之一就是去想想你能不能离开他/她，如果觉得不能，那一定是很爱，我想这个道理也一定适用于一座城。

我还未来北京时，一个学姐在北京的深秋季节给我打电话，我从没见过这么漂亮的银杏叶和这么高远的天空，这么文艺又这么时尚，我决定留在北京啦。回去后她就办了离职手续头也不回地去了北京。当然，主要原因除了觉得北京这么文艺又这么时尚外，还是因为这座城里有一个她喜欢的男生。

知我来京出差，学姐约我见面，我们在夏日安静的午后穿梭在东四那一片密集的胡同，照片中，她穿着大长裙，我穿着白衬衣红格裤，真的很文艺。我们在因被长而窄的胡同遮挡而变得斑驳的阳光下傻傻地笑着。我们第一次去798，站在那些空旷的老厂房里，与四环里那些高楼相比，空间突然变得异常高阔，她大声叫着，我爱北京，眼角却发红。顿时，整个空间都回荡着这句后来在我耳边响了很久的"我爱北京"。而我觉得她做过的最浪漫的事就是在夏天的深夜和那个男生绕着四环从天黑散步到天亮。曾用深夜的脚步丈量过一座城市的人一定再也忘不掉这里了吧。

可戏剧性的是，我还未走，却要送这位觉得北京这么文艺又这么时尚的姑娘先行离开，陪学姐在T2航站楼办登机，拿到登机牌的那一刻，她忽然落泪，咬牙切齿般，我恨死这座城市了。

与一些城市相比，这里的房价这么高，交通这么堵，单身的姑娘爱了又分手最后还是离开。如果不爱，那为何离开这里的人们都要落泪呢？就像年少时你明明喜欢一个人喜欢得要死，但就是嘴上不说，最后你看着他和别人在一起的画面，只好一边哭一边说：那么讨厌的人，谁稀罕！

有的城市，去了就去了，走了就走了，几张照片加上半天的回忆足矣。只是你来了北京，就无法云淡风轻地离开，动物园、学院路、三里屯、朝阳路、长城、西单……总有一个角落有你的故事，总有一条道路你无比熟悉，总有一种气息你无法忘却，来时都是爱走时都是恨怀念起时都是泪。你无法高高在上带着旁观者审视者的目光，你也做不到远远观望带着仰慕者的鼻息。如果有谁说他可以带着旁观者的角度清醒客观地向你描述北京，那他一定是还没有爱上北京。爱过这里的，提起来或言辞激烈或浓情蜜意，就算云淡风轻，背后也必是悲喜一首歌，谁唱谁明白。即使离开，时日已久，渐渐淡忘，但也许到了暮年的某一天，看着天边的夕阳，也定会回想起生命中一座叫北京的城市和它的点点滴滴。

第二辑
刹那间，珠帘动，流年去

在非洲有个部落，

人如果连续赶路三天就一定要停下来休息一天，

因为人们害怕灵魂跟不上自己的脚步，

停下来等等，

让灵魂追上来，

然后带着灵魂继续上路。

缓缓流动的时光：丽江记忆

云南的丽江古城，被评为世界文化遗产。好多人去过，回来之后各有说法，也有好多人正打算去。但是这丝毫不妨碍我对它的热爱。有人说旅行就像藏酒，藏得越久，味越醇。我心里一直记挂着的丽江就是一坛酒。有的地方，你看过就了然于心了，一辈子很难再去第二次，可丽江是我要一去再去的。

初见丽江古城

古城门口有一个标志性的大水车，绕过水车，就拐进了古城的一条小街。

早晨9点，人们都不急着开张，各自关门闭户——迎面而来都是慵懒。

早晨9点，太阳刚上墙头，昨夜的雾气还没有消散，踏在湿答答的石板路上，教人心里怎能不欢喜？

我对古城一无所知（到了昆明才决定弃大理奔丽江的），我不知道能不能找到住处，可是在这里，你根本不会有初到陌生城市的慌乱，你一下子就可以融化在古城清晨的薄雾里，各家兰草梢头的露水里，你嗅到的全是前世的熟悉。

李庆国的木雕店在街口不远处。丽江有很多木雕手工艺者，他们在小木块、大木盘等等的木器上，涂上鲜艳的色彩，再用刻刀刻上诡异的东巴文字。我一眼看到刚开张的小店，二话不说飞奔去，可是价格不算低廉，所以只买了几块丢在墙角的小木牌，欢欢喜喜地离去。想转转看有没有更便宜的，实在不行还可以再回来。老板也只是笑，听着我们打算盘。

丽江分成新城和古城，古城包在新城里，新城很小，打车不用打表，到哪里都是起步价，古城就更小了，小到只有歪歪扭扭几条小街和同样曲曲折折的小桥流水。可是就是这样，我也会迷路。习惯了特区深圳，武汉这样方方正正的形状，怎么走大致都能知道东西南北，一来到不讲时间至上、不要体面的地方，就迷失了北。于是我索性丢掉了方向，跟着脚趾头走。本来就没有目的，还要什么方向呢。

现在回想起来，丽江之后的每一次旅行，都是苦乐参半，或者甚至是痛苦的，只有丽江这次是完完全全的闲散和享乐。当然，不论什么样的旅行记忆到后来都成就了一份心中的记挂，记挂着那年岁的光景，和那光景中逝去的人影。

玩丽江，有七件必做的事情

第一件事：背上包自己去，或者和亲人朋友一道，但是一定不要参团。

我真是由衷地可怜那些花钱被导游牵着走的人们，两个小时的停留哪里够初尝丽江的闲。迅速地挑选一些泛滥的纪念品，搬回家以资证明，然后除了记得要经常拂去灰尘之外，不再想起。实非明智。

第二件事：好好地晒太阳。

丽江冬日的太阳极好，坐在太阳里，我只穿了一条刚买来的印染的单裤，一件短袖T恤，即使是这样，我的脸颊一下就红了起来。

丽江最美的莫过于午后的阳光。这时候，所有的酒吧都会在叮咚的小桥流水旁，摆一排桌椅。他们深谙，午后时分，被这样的太阳一照，什么人都不愿意再多走一步了，乖乖地坐下来，什么都不做，什么也不想。或者亦可趴在铺了花条纹土布的小木桌上，睡一觉。梦见家中来了仙女，每日歇工回家都有热腾腾的白米饭和一桌酒菜飘香。

其实那是太阳的香味。

第三件事：多喝几杯茶吧。

酒吧的茶不好，可以多喝杯咖啡，微苦的云南咖啡是很有名气的。除了平日里提神的功效，它们还可以陪你坐坐。一杯清茶，坐看人间百媚生。

一日，在樱花屋外喝茶。邻座是一家外国人，父母亲带着大大小小四个女儿，一个第二小的漂亮女孩，大概五六岁。

她问旁边的大姐姐："我能不能喝你的水？"

姐姐说："当然。"并且立刻把水杯放到妹妹跟前。

妹妹也毫不迟疑地指着眼前的一碟小点心，说："我把这个给你。"

姐姐愣了，告诉爸爸，妹妹居然要跟她交换。

爸爸探过脑袋，严肃地告诉妹妹："在一个家庭里，你不需要付账。"

当时我就把这个有意思的小插曲记在本子上了。

大多时候，人们都忙着自己的喜怒哀乐，有时候，突然转个身，看看别人在做什么，真的挺有意思，像多幕剧。

在丽江喝茶，是个漂亮的转身。

第四件事：写明信片。

第一天到古城，我买了好多卡片，坐下来一张张地写，写好的、没写好的放在桌上各是一叠，这时，一个身上挂着XX旅行社小牌子的中年男人跑过来，问我："哟，你这儿还带帮人写明信片呐？"

我乐了，猜他一定想不通我怎么有那么多没电话的朋友，不然一个人写那么多明信片做什么。

是我一直习惯于这种缓慢的抒写，有多少部手机都不会改。

其实不用多写，只言片语，捎一些丽江的温暖给你心中掠过的名字就好了。

后来，收到明信片的朋友都说感动，很多年没收到这样的卡片了。我才意识到，我在丽江的牵挂，唤起的是两个人的记忆。

第五件事：找一条属于自己的小街。

丽江有很多小街。铺的都是有岁数的好石头。小路各式各样的都有，热闹的，幽静的，小河边的，小山坡上的，酒吧多的，卖饰物的，每条小街都有自己的气质。我就在心里划分一条小街给自己，每次走在那条小街上，都忍不住偷着乐起来。

第六件事：在古城里头住下来。

我在古城住的那几天实在是太美了。结果去越南之前先入为主地以为那边应该和古城差不多，小而精致，清新爽口。可是每每以此标准和价钱与老板讨价还价，都被认为我有病，这么高的要求怎么不住酒店。我又想起来，同是青年旅社，阳朔和北京的都差了很多，这才知道不是所有地方都有丽江的舒适。

我的青年旅社25块钱一晚，和两个日本男生同住多人间，卫生间是公共的独立间，但是没有任何不方便的地方。全世界的青年旅社都不分男女，大家彼此信任，一见如故，有时候连物品都是开放的。在这样的人群中，没有种族，没有国界，没有性别，没有贫富。人们都是朝圣者，走在各自的心路上。

它是一个全木的四合院结构，房间里从地板到房顶铺的都是光洁的木板。四张雪白的单人床占据房间四个方向，留一些距离，大家尽量不打搅别人。这也是背包客的精神之一，你尽可以做自己的事情，但是不要给别人带来麻烦。有的床被人占了，同样雪白松软的棉被铺开在那里，床边倒着一个风尘仆仆的大包。推开两扇镂花的木窗，有一盆小黄花笑眯眯地站在花台里。这是二楼的房间。

一楼的我也住过。不同的是，推开四扇镂花的木门，有一个帅帅的日本男子翘脚坐在小桌旁看日文书。

旅社还有一只小白狗，喜欢在清晨的时候到你床边来，把你弄

醒，陪你看书，也喜欢在午后，趴在太阳下睡长长的午觉。

第七件事：听一场纳西古乐。

听宣科的纳西古乐，我只能用一个词来形容——震撼，其他的形容词都如同隔靴搔痒。我虽然也买了纳西古乐的CD回来，但完全不是现场的味道。一个是后工业时代的批量复制，一个是老祖宗传下来的千年遗韵。幸好我当时一咬牙一跺脚买了一张最便宜的C票，才成为今天的庆幸，若是没有这一次的聆听，我恐怕永远不能体会文化消亡的可怕。建筑坍塌，人们记在眼里；文化的消亡，无知无觉。

听到一个宣科讲的趣事。由于演奏纳西古乐的老人都已逾古稀，一两个小时的演奏对他们来说也是体力上的考验，有一次在日本演出，演到一半却被不知从哪里传出来的鼾声打断，这才发现有个老人在台上睡着了。

我心想，这才不愧是丽江的老人。

除这七件事之外，我还做了几天小工，帮人卖东西。

跟有趣的人，做有趣的活

第一眼看到李庆国的木雕，我就被它们深深吸引了，好像有很长时间眼里只剩下黑色和白色，又见这么鲜明却不媚俗的色彩，心里有种说不清楚的喜爱。只觉得我的生活中仿佛开出了第三扇窗。

老板李庆国是湖北黄冈人，学美术的，来丽江快五年了。头发不长不短，衣着不洋不土，说话不多但很温和，一点没有愤青的"暴力倾向"。我不厌其烦地去他的小店，软磨硬泡，每次都可以用比别处低的价格掠走他的木雕，屡试不爽。虽然丽江有很多做木雕的，有的还是纳西人，但是有李庆国的美术底子真是不一样，其他人只会模仿，自己本身缺乏创造。

我跑的次数太多，就成了熟人。干脆找个蒲团，坐下来当了学徒。

有客人来的时候，我负责和他们讨价还价，一下子身份转换，从买家变成卖家，却连一点对买家的仁慈之心都没有了。开给游客的价钱都是我本来不予考虑的。尤其是日本游客，一件20块钱的东西开口一百多，他们眉头都不皱就收走。

曾经有个意大利人让我猜，意大利的纪念品商店开给什么国家的观光客价钱最高，我指着旁边的瑞士人，不对，我又把脑子里想得到的富国都说了一遍，以色列，文莱，美国……答案竟是日本。日本人生活太紧张，挣了大把的钱也花不出去，所以参加一次团队，到一个地方就准备好了要把大把钞票花出去。瑞士人补充，即使在瑞士，日本人出手也是最阔绰的。同行的日本女孩NAZUKI表示同意。

不过这里提的游客指的是旅行团。全世界的背包客都是不大买纪念品的，他们有更好的东西留在记忆中。就算实在像我辈之流对什么东西垂涎三尺，也是有办法不花太多金钱就可以得到的。

没生意的时候，我就自己挑选木头和颜料，学着他的样子刻。他说你不用学我，想怎么弄就怎么弄，我说我不敢，看着工具就傻眼，他说你别怕，学画的才不会画画呢。我一想，是啊，没准无意中我还能创造个什么超工业抽象派来。顿时恢复不少自信，以前我老是因为不会画画而自卑，为什么画家笔下的世界如此逼真，或者要么就是彻彻底底的另一个想象世界，在他们面前觉得自己简直是个白痴。

东巴文字，是一种古老的象形文字，为纳西族创造。看上去特别像小人儿跳舞，真没想到古人这样前卫。我一口气刻了好多，译为：闯荡江湖，勤劳致富，离开，我爱你，一家平安，健康等。不过没有人买，比起李庆国的手艺自然相形见绌。所以全被我掳掠回家。

后来我灵光一现，操起颜料就往裤子上涂，整个一条左腿，前面是"再高的山也在我脚下"，后面写"我是所有要砍我的人来砍我也砍不死的人"，屁股上再加一条横批"闯荡天下"。

李庆国夸我有创意，说他以后也画裤子来卖。

画完我立刻穿上它在古城里招摇，后来又一路招摇去了北京城，好生得意。

顺便说一句，这个颜料洗不掉。

一切是否安好

晚上古城门口的街对面有卖烧烤的，味道和传统的新疆风味不同，这是我吃过最好吃的一种，至今惦念不忘。

我一边吃，一边问李庆国，长期做这种简单手工艺还有没有创作的快乐。

"没有。"他说。

"那有没有想过离开？"再问。

"没有。在丽江越待越心安理得了。晒晒太阳，吃吃烤肉，骑骑车，爬爬山。"

我想想也是的。一个人艺术的生活方式，比一件艺术品更艺术。

一年多过去了，看到窗外的大树又长出一年的新叶，那色泽有如一杯上好的苦丁。

我忽然想起李庆国放在小店门口那辆新买的山地车，他说等春节旺季一过，就和几个学美术的朋友，骑车去西藏。也不知他现在是否已经安全地回到丽江。

三生花草梦苏州

　　苏州，当你的口中轻轻说出这两个字的时候，心里是否早已经变得酥酥软软了呢？人们一提起苏州，就会想起那一座座精巧的园林，想起吴侬软语，想起评弹、昆曲，甚至想起虎丘和剑池，都如同想起了美人西施手中浣洗的轻纱一样，熨帖，舒坦。

　　的确，你在平江路上走一走，摸一摸石桥的栏杆可能是宋朝的，下桥后在河边的石头上坐一坐，那块石头或许就是明朝的……又或者，那个凭栏远眺的自己，也只是刚刚抖落千年历史尘埃，在此静思偷得片刻安宁呢。

朋友，如果你去过苏州，那么你肯定也会有和我一样的感慨；如果你还没来得及去，那么请一定要选择乘船的方式，柔柔地漂进苏州的梦里。

流连十全街

苏州，温柔乡，脂粉地，就连带城桥边的垂柳，仿佛也在轻吟着诗词歌赋，一派歌乐升平。

我是南方人，从骨子里偏爱南方城市的世俗与柔媚，虽也羡慕北地胭脂，然燕雀不知鸿鹄之志，燕雀，合该在十全街的法国梧桐里穿梭来去。

十全街的风月，为苏州之冠，一式的仿古建筑，不一样的酒吧、旗袍店、古玩店，逛在街上，连迎面的春风都变得那么小资。

"西街往事"镂空的青砖、"盛世佳人"的拉丁音乐、"好莱坞"汹涌的人潮，都在诉说着盛世安好。而我，像一缕游魂飘荡在其中捕捉着空气中暧昧的温暖气息，期待着与某朝某代色艺双全的某位名伎通灵。

她们闲时也会在"画栏风摆竹横斜"的园子里观鱼下棋的吧？网狮园、拙政园、耦园精致的细节，人造的甜腻景观，多么适合云鬓罗裙金步摇的女子在此对月吟诗、描龙绣凤、梵香抚琴啊！

邂逅烧海螺

有别于十全街的悠闲，观前街是热闹而摩登的，遍布老字号食肆，诸如得月楼、松鹤楼之类，一家新派川菜馆名唤川福楼的，菜做得相当有特色，一道生菜包肉松，一道小锅牛肉，推陈出新，美味异常，还有自磨的豆浆，人人都好喜欢，吃得那是相当地欢快。

在当地结识的苏州人似乎也受不了苏州菜的甜腻，大家相约了去十全街和带城桥街交界的天府之乐吃川菜，最爱那里的水煮鱼和泡椒凤爪。

其实，新派的苏州菜还是有其可吃性的，做了一些必要的改良，没有那么甜了。十全街西头的一家酒楼做的螺蛳塞肉、太湖白鱼就很精致，凤凰街上一家叫万家灯火食铺，据说是万梓良开的，菜也做得很好吃。

中式菜倒还罢了，个人认为最可圈可点的是苏州的西餐。新加坡工业园区内嘉怡苑楼下一列西餐厅，其中有一家做的PISA松软香浓，芝士味扑鼻而来，深得意菜精髓。

工业园区内多是欧美的厂，住的也多是西方人，有的是欧西风情，新区是日本人与台湾人居多，那里的日本餐厅与酒馆就成行成市了，最喜日本菜里的清酒煮螺，巴掌大的海螺，从螺掩处浇上清酒，下面小火煨着，一室温暖的醇香，又美味又有风情。

泛舟太湖上

风和日丽的时节，酒足饭饱，是无法不让人兴起泛舟游太湖的兴致的。从苏州驱车一二小时，便到太湖。烟波浩渺，爬上西山，就着凉风，边吃冰淇淋边观太湖日落，怎能不赞叹范大夫携美同游的艳福呢，芦花荡里泛舟放歌，惊起一滩鸥鹭的意趣，时至今日，仍是我们孜孜以求的吧？范蠡，诚小资之鼻祖也。

太湖的美是浩浩汤汤茫无际涯的，虽然也温香软玉在怀的样子，而乌镇的美，才真的是小家碧玉的那块玉，倚红偎翠的那点翠。

那里的青石板路，穿了木屐踏上去得得作响；爬满青藤的小桥，盛载着无数才子佳人的故事；贯穿全镇的水道，蜿蜒着无以名状的忧伤。

有一种氛围叫怀旧，在这小镇的上空盘旋萦绕，挥之不去。木结构的茶馆里，临窗而坐，看着外面舟楫来去，温上一壶黄酒，叫上一碟油爆虾、霉干菜烧肉，再摆弄一回才刚淘到的蓝底白花布做的竹底凉鞋，忽然就会幻化成民初梳大辫子的少女啦，提着一篮咸鸭蛋沿街叫卖，哪一天，就会跟穿长衫梳分头的某才子撞个满怀的吧？

江南水乡的风月，是天上弯弯的娥眉月，透着淡淡的精致，也是有着含蓄退让的意思。而那种女性的柔媚，是渗到了骨子里的，满街满巷的吴侬软语，又嗲又甜，仿佛每个说话的人嘴里都含着一口糯米饭，张也张不开，合也合不拢，连珠妙语就在这温柔的撕扯中吐了出来。

品枫桥故事

一首《涛声依旧》的歌曲，让姑苏的枫桥和寒山寺成为许多爱情故事的背景和道具。有雨的日子总能营造出一份别样的恋情。一把油纸伞，一条湿淋淋的青石小巷，我的梦便沉浸在枫桥的爱情故事里了。

雨过天晴，午后的枫桥边，阳光懒懒地透过美人靠上的木花格，远远地望去像是一本泛黄的线装书。轻轻地打开它，曾经的忧伤就像千年前的那个爱情故事，早已被停泊在石埠头上的那艘小蚱蜢船所载走，留下的是隐约在垂柳后的那份喁喁心语和月光下那个重叠了的背影。

"多希望我们是枫桥相遇相识的……"在枫桥上总能听到一些令爱意顿生的话语。于是她的眼中有了水的温柔，而你的眼中却有

了一份桥的坚硬与伟岸。目光相触，鹊桥飞架，寒山寺钟声悠扬，一时间，枫桥变成了天上人间所有恋人的天堂。不需太多的言语，只需默默地相对相视。于是，一座标志着幸福甜蜜的爱之桥、心之桥，在似水流年的枫桥边诞生了。

看色染木渎

春秋末年，吴越纷争，越国溃败，献美女西施与吴王。吴王夫差为取悦西施，在灵岩山顶建造馆娃宫的同时，又在紫石山增筑姑苏台。为了消耗吴国的人力和财物，处心积虑的越王勾践趁机向吴王大肆进贡筑宫之木。自越国源源不断而来的木材堵塞了山下的河流港渎，史称"三年聚材，五年乃成"，以致"积木塞渎"，木渎由此而得名。

春天午后的木渎，就像是一串由雨露滋润出来的古音符，凝固在了唐时的斜阳柳浪、明清的桃红和桑烟之间。挂满藤蔓的老石桥，沧桑尽显的古帮石岸，假寐在石埠头的虾蛳小船，以及如洞箫般幽深的古廊棚，仿佛都在期待着那阵穿堂风能穿过岁月的长弄，再次渲染起一河芬芳和两岸繁华。终于这份寂静中的期待被一阵又糯又软的叫卖声所惊扰，那个叫作风姑的窈窕女子，终于从弄堂的尽头翩跹而来。没有了花头巾和蓝印花布短裙的装饰，但迎风飞扬的长发，却如同一双纤柔之手，在轻描淡写之间，就把粘在灰墙黛瓦及美人靠上的那些沧桑、尘土，演变成了一份千百年前的记忆往事。

一阵欸乃之声从小桥流水的幽深处荡漾而来，没有了刀光剑影、吴越争霸的古镇，风和日丽，柳逸水清；没有了积木拥塞的小河，少了一份负累，而多了一分幽静与恬淡。沐浴在夕阳余晖里的山塘老街，就像一轴泛着岁月光泽的历史黄卷。八百多米的老街，青石与灰砖相间。曾经的乾隆御道难以再显当年龙舟黄幡的帝王气派，但古镇的魂、老街的魂还在。这魂到底是隐约在一栋栋鳞次栉比的老屋中，还是藏秘在西施桥的月影中，抑或早已被蚱蜢小船所载走，停泊在了某一个石埠头前？

一个人背对着夕阳在西施桥与怡泉亭间踯躅，清澈湍急的香溪水与浑厚宽缓的胥江水在我的瞳孔中交汇而过，清浊分明的"斜桥分水"之线，如同一条阻隔远古与今世之间的堤岸。在堤岸的一头，一个叫西施的女子日常在溪边用奇香花粉沐浴。携带着她的体香及胭脂、花粉之香的溪水自西往东，一路芬芳，满河生香，久而久之便成了千古流芳之"香溪"了。

是怎样的一种力量或诱惑，促使康熙与乾隆这两位皇帝能多次御驾亲临这山野小镇木渎？一个西施、一个范大夫似乎远没有那种令他们去而往返的力量和诱惑，难道是严家花园的幽深婉约，还是虹饮山房的恢宏恬静、古松园的松涛声、榜眼府的书卷气？或许唯有走进这一栋栋的老宅、庭院，直面那些见证了沧海桑田的重脊飞檐、黛瓦蠹窗，我才会自然而然地释怀。

炊烟从我的瞳孔中袅袅飘过的时候，夕阳终于依着灵岩山而落了。而我也将再次远行，何处是归程，我不得而知。原以为回家只是一种思念的回归，但此刻面对满天的彩霞，却感到回家只是思念的开始，只是记忆苏醒的开始。

浮生几日锦官城——成都漫话

那年7月里，到成都去约稿，在成都小住几日，游玩了杜甫草堂、青城山以及锦里，心有感触，记几句心得，以做留念。

杜甫草堂与望江楼

杜甫草堂

是一种相约的召唤，是一份心灵的渴盼，走近花木幽邃的浣花溪，走进翠色浓厚的草堂，走进曲径通幽的盛唐里，致以最深厚的虔诚。

忘了来路，忘记了归途。

微雨敲打着轻翘的小伞，染一身绿意微寒。那泉，那石，那亭，那桥，那鸟，那肥绿，那艳红，一切都浸侵在雨雾里，明明暗暗，深深浅浅，眼波里外都入了诗，都入了画，于是心灵陶醉了，思维在漫漫花开闲庭中弥漫。

低矮茅屋里，一几一凳一床，一瓮一灶一钵，极见简单，低矮茅屋外，几树芭蕉正浓，几丛青竹苍劲，安史之乱时的杜甫，流离到成都，得友人襄助，筑茅屋而居，食不果腹，前路茫茫，却在心念"安得大厦千万间，大庇天下寒士俱欢颜，吾庐独破冻死亦足"。何等的慈悲与仁爱！

"朱门酒肉臭，路有冻死骨"，吟一段诗篇，吟无数孤寂与无奈，纳吐多少悲愤与控诉？杜甫是诗人，终身忠诚于良心的驱使，诗即历史，历史是沉重无比的诗，从杜甫起，终结在杜甫这里。

春藤缠绕着篱笆，蔷薇花正开，柴门竹扉被恢复成当年的旧模样。

窗外西岭千年不化的积雪，门前江畔停泊着的东吴的战船，早已是尘封年代里的尘埃，合订卷册里的几个符号，无足轻重，无足轻重。杜甫草堂里的唐朝，在千年的古迹里，任人凭吊，任人缅怀。

杜甫不老，草堂长存。

望江楼

古井冷斜阳，问几树琵琶，何处是校书门巷？

大江横曲槛，占一楼烟雨，要平分工部草堂。

浣花溪一路走下去，一直走进锦江里，杜甫住江头，薛涛住江尾，杜甫垂垂老矣，薛涛还未及笄，锦江却把一个奇崛才女推到了浪尖上。少年的薛涛美丽聪慧，精晓音律，极有才情，14岁诗已出名，她与当时著名诗人白居易、张籍、王建等都有唱和。

薛涛是才女，更是一个聪明心慧的女子，采来木芙蓉皮，加入芙蓉花汁，焙制晾晒，独创制成精美小纸笺，纸笺光洁，颜色深红，把青春年华、满腹才情，都赋予这深红纸笺。这是多么可爱的女子啊！

薛涛遇上元稹，半是修道半是灾祸，想他们也会有悱恻的缠绵，想他们也会有天长地久的誓言。最终以元稹的离开成都不和薛涛联络而结束，而薛涛固守了尊严也没有再寻元稹。可能在元稹眼里，薛涛不过是他无数欢场上一个过客，对薛涛而言，爱即伤害，聪明如薛涛者哪能不知道，一张薄薄的桃色笺，怎能挽留得住那些醉心于仕途的薄情？

"花开不同赏，花落不同悲。欲问相思处，花开花落时。"自古才女多薄命，锦江畔，薛涛在平静中度过晚年，终生没有嫁人。

只有锦江还在奔流，追忆着那远去的故事。望江楼上望锦江，江水滔滔是奴情，江水逝去是郎意。亦可叹息，亦可怜惜。

杜甫与薛涛都一样是诗人，却有着不同的天地。对男人来说，人生里需要的是欣赏，上司的欣赏，天子的欣赏，如韩信得萧何欣赏，如诸葛亮得刘备欣赏，得，可以施展抱负匡定天下、鞠躬尽瘁死而后已；失，落魄江湖穷老乡里、湮于荒草默默无闻。对女人来说，国家社稷、边塞烽火都不重要，她只有一个私心，私心里有一个愿望，她要一个人懂她，如卓文君与司马相如，李清照与赵明诚。杜甫把一辈子的抱负寄托于天子的欣赏，而战争灾祸、时代的变化把杜甫抛在谷底若一粒尘埃，到死没有等来皇帝的垂青，抱负也随了风；薛涛可能太出众了，凡夫俗子难匹配她，所以薛涛没有等来那个懂她的人。从某种意义上来说，他们都是悲剧草堂花木扶疏，杜甫有诗有酒有社稷，所以杜甫潦倒失意不孤独，望江楼有红笺有修竹有江水，薛涛一个人走过了自己的一辈子。

锦里

成都武侯祠旁有一条古色的小巷，小巷有一个诗意的名字——锦里，青石板铺就的路，浅灰色青砖堆砌的墙，黛青色瓦做的顶，雕花的轩窗保持了木头的原色，灰暗沉着，一扇木门推开，吱扭一声，恍然隔世。

锦里小巷窄窄的，也不够长，只有350米，却汇聚了四川的各路特色。

一桶水里泡着茧，剥蚕茧的女子微垂着头，十指灵巧如梭。旁边，铺着一张床，一层层的蚕丝铺起来，压平，选了满意的被套，一条蚕丝被子初成，被人买了，抱了走，满怀的温软。

有没有一只眼睛让你触摸到天堂？有的，做工精致镂着莲花手镯、坠着印度女子性感娇俏的水晶纱丽、阿拉伯风格的首饰盒、巴基斯坦的艳丽披肩，几盏印度花灯流动着，印度塔香燃起，如梦如幻，神秘，魅惑，奢侈，让每一个女子腾起美丽的冲动，无论如何，要好好地爱自己一回。小店的名字叫天堂眼，走进去吧，走进去就瞥见了天堂的影子。

就那样闲闲地走着，逛着，买一串臭豆干，香得可口，三大炮，奇怪的名字，糯米团准确地在三个铜锣里弹三下，发出三声巨响，此时，谁还愿意把三大炮仅仅当作一种食品？三合泥、军屯锅盔、烧仙草……到锦里不品尝这些小吃就不算到过成都。

如果走累了，可在一张藤椅上安坐，如果你愿意，可以喝茶或者咖啡，或者干脆是冰纷彩豆圣代，一杯卡布奇诺，昏黄落日时，沧桑弥漫，咖啡的苦涩在心里千转百回，喝出了泪的滋味。喝茶吧，一壶铁观音，抱了茶碗，心静，人静，厅堂里，少女端坐琴凳，皓腕如藕，伸了手拨弦轻挑，古筝如流水淙淙，浅粉色的旗袍裹了玲珑的躯。

那客栈，那酒楼，那戏台子，那漆器，招摇着成为风景，透着浓浓古意。

锦里闲步，仿佛从千百年前走来，浮生若梦，一切尽在遗忘中。今夕何夕，恍惚中不知身在何处。

锦里即"锦上添花，里藏乾坤"之意思，斯可信服。

青城山

在非洲有个部落，人如果连续赶路三天就一定要停下来休息一天，因为人们害怕灵魂跟不上自己的脚步，停下来等等，让灵魂追上来，带着灵魂继续上路。

在7月上旬一个阴雨天，我来到了青城山，在这里做一天短暂的停留，等一等落在后面的灵魂。

青城山位于都江堰西南，背靠千里岷江，山峰呈环形排列，状如城郭。山上林木茂盛，终年青翠，故名青城山。

走近青城山，铺天的浓荫盖下，撒下一世的清凉，山门由五座山峰簇拥，巍峨壮观。对镜头，微微一笑，和"青城山"匾额上的三个字合影，由此进了山。

"丹梯尽幽意"，杜甫云，沿着被杜甫称为"丹梯"的石级向上攀登，山环水抱，青峰入云，云蒸雾绕，曲径幽深；道旁古树参天，古木森森，"林深闻鸟语，泉落泡绿痕"。走在这样的山道上，忘了劳累，忘记了饥饿，换来一身的安宁。

青城山是道教的发源地之一，曾是张道陵天师传教的重要区域。清代以来，该山成为全真派道士隐修之所。作为隐修之所，青城山一泉，一岩，一亭，一桥，一花，一草，一鱼，一鸟……都有着道家的飘逸和脱俗，在青城山不可不听道教音乐，青城山的道乐来源于古老的纳西古乐，同时又传承了正宗的全真正韵，形成自己古朴幽深、典雅悠缓、细腻沉静的音乐风格。一曲《流水》让人忘了尘俗，忘记了苦难，在道教的清虚里羽化升仙。

青城山就有这样的法力，让你在今世心若明镜。

青城山亦是一座文化的山，且不说天师洞内精致的雕刻，也不说唐朝石刻三皇的古老，单是那唐玄宗旨书碑，岳飞手书的诸葛亮前后出师表亦足以震慑后人。最高峰处上清宫，这三个字是蒋介石蒋公的题字，规规矩矩，方方正正。

暮色里，饮一杯青城山的苦丁茶，微苦入口，苦后甘甜。下山去，随着山行，随着路转，随着溪水，一路迤逦，心满志得。领了灵魂归去，偷得浮生一日闲。

回望眼，满山叠翠，深绿浅绿，青城山溶化在深深绿海里。如梦如幻青城山！

都江水拍千年梦

公元前256年，秦蜀郡守李冰率众修建了著名水利工程——都江堰，而今去拜访，带着21世纪的风尘，两千两百年的历史可以很长很长，漫漫风烟中，多少金戈铁马飞溅，多少北固亭北望，多少早生华发？两千两百年的历史可以很短很短，不过是几次铁树开花，不过是青山与绿水的几度缠绵。都江堰一如既往地流淌在李冰的规划里，没有春，没有夏，岷江水拍千年梦，走近都江堰就走进梦幻里。

离堆，是当年李冰为了疏通水道劈开玉垒山形成的一个孤岛，一个因为有离字略显悲伤的词，不由自主想起远离、离去、黍离等词语。夹着某些伤感的意味，仿佛长亭骊歌，无限惆怅停下了长长的脚步。心中贮满冷冷的雨。登离堆而远眺，山峦重叠，岷江呜咽，江风袭人，默然独立，江涛在心中跌宕起伏，却觉得自己是离堆上一块青石，一块从过去到现在不曾离开，不曾改变的石。

知道飞沙堰是极著名的排沙泄洪工程，保护着成都平原不受水灾。却是极普通极其普通的一道浅堤，如果不是导游的提醒，一定被我忽略。岷江内江略显安静，依偎着飞沙堰，它像乖巧的孩子，见惯了大坝高堤，心中暗暗折服，智慧是这样深藏不露，炫耀得往

往是肤浅。

隔开岷江内江外江的是一块水中绿洲，踏上绿洲就来到了水中央。前前后后，或汹涌，或潺潺，或暗流涌动，或浅滩平缓。7月的太阳很明亮，一些光在水面跳跃着，莹莹点点，对岸的玉垒山满山的葱绿，把巨大清凉赠给岷江，于是岷江浸在迷离的含蓄里。

绿洲上树多，蝉叫得很欢，循声望去，蝉就在树干上趴着，数量很多，不怕人，蝉的个头较小，全身有着淡淡的颜色。可能是蝉的一个品种。走在遮天的浓荫里，走在单调嘶鸣的蝉唱里，蓄满甜美的寂寞，一个人的流浪，就是这样，有着安静甜蜜的幸福。有些风景仿佛就是为了等你，等你来赴一场不变的约。

无论站在鱼嘴工程面前，还是走在安澜索桥上，总觉得这里的时间很旧很旧，离秦朝并未很远很远，这山这水，如半阕旧词，咿咿呀呀唱到今天，而且我们没有更改的能力。都江堰是一朵花，是文明进步史的一朵花，隔着许多个朝代，依然盛开如初。

都江堰景区大门外是一个叫南桥的地方，岷江流出景区，岸边排列着一家家小吃。走累的腿停下来，跑饿的肚南桥来优待。冰凉粉里放了西瓜瓤放了太多的辣椒，于是开了眼界，原来西瓜能就着辣椒吃。

离开都江堰已经有半月，记忆再一次紧逼。逼迫我今夜敲下这些文字，都江堰你会静静站立在我写字的灯火中，温柔地环视我吗？

风景的旁边也是风景

在杜甫草堂众多院落中，有一处小小的院落，名字叫浣花祠，供奉着一女子，与杜甫毫无关系的女人。导游带着游客经过这里，往往三言两语介绍几句，并不提倡游客进去参观。这是杜甫草堂里被忽略的景点。

祠内雕塑云鬓高耸，神情严肃自持，这就是浣花夫人，曾经被朝廷封为"冀国夫人"。据《新唐书》、《旧唐书》记载，当时镇蜀的西川节度使崔宁（即崔旰）纳了一名姓任的妾。大历三年（768年，距杜甫离开成都仅三年），崔宁奉诏入朝，留下他的弟弟崔宽，让他负责守城。泸州刺史杨子琳乘机发动叛乱，率精兵数千攻入成都，占据了城池。崔宽力战不敌，杨子琳一时气焰嚣张。值此形势危急之际，没有一点威望、没有亲历过战争的任氏却做出了一个惊世之举，自己做主，拿出家财十万，招募了勇士千人，任氏亲自披挂上阵，指挥兵士，攻打杨子琳。巾帼英雄的壮举极大地震慑了叛军，最后以杨子琳的失败、任氏的胜利而收尾。

无独有偶，在成都武侯祠刘备的陵墓旁边，也有一处不可不提的风景，那就是四川王刘湘的墓，刘湘(1890-1938)，名元勋，字甫澄，儿童时曾读私塾和县立高等小学。1906年投笔从戎，先后在四川武备学堂、四川陆军讲习所和四川陆军速成学堂学习。后来在蒋介石的帮助下，他打败刘文辉当上四川王，服从蒋介石的中央领导。抗战期间刘湘曾派代表与延安建立联系，"西安事变"后，他拥护和平解决"西安事变"的主张，为同中共合作，他四次资助共产党经费10多万元，并送物资去延安。

"七七事变"后，刘湘是首批请缨抗战的国民党高级将领，为抗日，他倾其所有，筹数百万银圆给中央，动员川军出川抗日，不顾抱病之身，以第七战区长官的身份率领三十万川军出川抗敌，大长国人志气。1938年，不明不白病死武汉，临终时，这位爱国军人仍立下遗嘱，勉励川军抗战到底，为民族争光，为四川争光："敌军一日不退出国境，川军则一日誓不还乡！"其情其景，令人扼腕叹息，刘湘是当之无愧的民族英雄。

刘湘灵柩被扶送回川，蜀民哭声震天，争相迎送，十里长街，万人空巷，感人至深。刘湘壮志未酬就这样死了，无论他生前有什么过错，都应该得到宽宥。

刘备、刘湘同为刘姓，刘备陵墓被称为"汉昭烈陵"，柏木森森，庄严肃穆。刘湘的墓很简单，几平方米石头砌成长方形，和普通百姓的坟墓没有什么区别，唯一醒目的是墓碑，墓碑写"抗战时期第七战区司令长官陆军一级上将刘湘墓"，其他只字不提。时人鲜有识刘湘者，故冷冷清清，无人凭吊，蓑草披离，满目苍凉。

或许是杜甫的名声太大了，遮住了浣花夫人，或许刘湘还不够资格，他的伟大没有被大家认识到。但是风景的旁边也是风景，总有一天，浣花夫人、刘湘，历史有重提他们的时候，因为任何的伟大都有穿透历史风烟的眼睛，遮蔽只是一时。

在厦门，时间是用来浪费的

每到一个城市，我愿意打车没有目的地乱转。没有目的！也许这本身就是最高境界的目的！我很少看地图，一是方向感差，地图在我手中基本上就是一张有地名的纸，我分不清东南西北，甚至在我住的城市都会走失，都会问，哪里是南方？

对南方的向往，一直停留在我的心里。

南方，有一种茂密的潮湿，阴气十足，有宋词的触感；我每到南方，都萦绕着一种情绪，挥之不去，附在我身上，我被南方附了体。

但厦门没有江南的阴柔，它却也有着别样的味道来自闽南的味道。山野味，带着异常的芬芳，自然的、甜腻的有恰到好处的抒情感。

厦大，真的美到让我心动

我第一个去的地方是厦大，对于厦大我有充足的好感。当年高考时，这曾经是我的第一志愿，我喜欢海边、椰子树，喜欢"厦门"两个字。中国的城市中，厦门的发音很独特，特别是这个"厦"字，有一种特别的意味。不香，但在风吹浮世里，觉得异常的妖娆，而厦大，据说是全中国恋爱可以谈得最浪漫的地方，我喜欢这地方，想想就有说不出的吸引力。然而，我如期落榜。

在厦大游走的时候，我感觉咸湿的海风吹到脸上。有人说，大一、大二的学生不在厦大老校区，因为面向大海，又有无数的木棉和凤凰木，不恋爱老天都不答应。于是被分配到另一个闭塞的校区，大三、大四时，毅力坚定了，能经受爱情的摧毁了，才能回到这中国最浪漫的校园来。不得不承认，厦大，真的美到让我心动。如果在此读大学，不谈一场惊天动地的恋爱，真是说不过去的。

人似一朵海上花，飘呀飘呀

我还喜欢把时间浪费在厦门的老街上。椰树参天，多数不结果。公交车，一直在放闽南歌，几乎是一个调子，唱着情和爱。我花十块钱在路边买了一张CD，回来后听得也动情。闽南话有一种纠结，简单里有着最原始的饱满和激情，我喜欢听闽南话，虽然粗糙些，又不细腻，和吴侬软语比起来，不够旖旎婀娜，但是听起来，有沁人肺腑的温暖，可靠，踏实。很民间的歌手们，很认真地唱着、说着。

夜晚，坐出租车穿越于海上的寅武大桥，人好像浮在海上似的，似一朵海上花，飘呀飘呀，我去海边喝啤酒，海风吹起我的长发，身边的侍者穿着东南亚的花短裤，这样的时光，不浪费怎么可以？

这样的穿越，白天黑夜，我来回走了四五次。沿着海滨大道，一路开着，看凤凰木开着红色的花，道路上有五线谱，上面刻着《鼓浪屿之歌》，而海的对面，是台湾，对面的烟火，让我隔岸观瞧，却也异样地亲切着。

满街的凤凰木开得真浓烈呀，那些花好像突然热恋似的，怔在那里了，发着呆，更像一个女子羞涩了，低下头，真好看呀。

花时间咖啡馆

　　而我最喜欢的，还是把时光浪费在鼓浪屿上，那真是中国最美丽的小岛，至少在我心中是。古希腊三大柱式、哥特式尖顶和门窗、罗马教堂的十字廊、英式落地门窗、西班牙尖叶窗、闽南建筑等，建

筑是凝固的音乐，多数时候，也是散文，是诗篇，是动人心韵的格调，我真喜欢老建筑，哪怕颓败了，也别有一种动人的味道。

到鼓浪屿的第一天，随意逛，很快便走到了安海路，看见番婆楼，试探着走进去，才发现这便是有名的花时间咖啡馆。

房子是高大而古旧的，墙面的油漆有些剥落，整体是红砖，显得鲜艳耀眼。咖啡屋有三个小厅，各自的铁门有些生锈，只有中间那扇打开。走进去，吧台很精致，人不多，有人在安静地看书，灯光是暧昧的黄色，也有聊天的人，细细低语。吧台里的店主人很安静，他们不说话，没有音乐，这里显得更加安静。

花时间咖啡馆是Air夫妇所经营，两人成为鼓浪屿的活招牌。女主人叫Miki，原是温州广播电台知名栏目主持人（难怪气度不凡，声音如此轻柔委婉），男主人叫air，是个事业有成的建筑设计师，8年前，相遇在鼓浪屿……fall in love……随后竟离开繁华都市、抛掉小有成就的事业、远离亲戚朋友，来到这个小岛定居，买下了一幢老房子取名sing house，开了一家咖啡馆，名叫"花时间"。

时光，走得比我们想象要快

在走廊的椅子上坐下来，点了松饼和洛神红茶，拿了几本书。在这样的气氛下，似乎就文艺青年了起来。走廊上往外看，是破旧的番婆楼，爬满了绿色的爬山虎，凸显出沧桑来。房屋的华丽和空洞显得如此清晰逼人，令人屏息。这是鼓浪屿门楼最大的别墅，如今已不再如昨日那般繁华。

文艺情调的咖啡馆，总是有那么些书架，摆满了被翻旧的小说，还有Air夫妇写的游记，在门口赫然写着，可以索要签名。

半天，食物才缓缓端上来。松饼柔软，带着浓郁的烤香，放在漂亮的白碟子上。洛神红茶的颜色是艳丽的玫瑰红，气味芬芳。我们拿起相机拍照，邻桌的女人偷拍我拿相机的样子。安静的时刻，便不再拿起相机，安静地看书，一边看暮色逐渐弥漫和浓重。多云的天，黄昏显得平淡。红茶里加了奶，才能细细地品。据说对改善睡眠很有好处。大口吃松饼，碎末子掉到盘子上。风呼啦啦吹过来，听见邻桌的对话。两个陌生人，互相给对方拍照，留下联系方式，约好要记得对方。

我们在过去旅程里也曾遇见许多的人，信誓旦旦说要常联系，可最终都逐渐断了音讯，人声寂寥。多年以后，问起来，你已经不记得对方的脸。时光，走得比我们想象要快。

然而，Air夫妇说，时间是用来浪费的。

它侵略了我的内心，暗合我怀旧的心情

就这样，我走在没有机动车的鼓浪屿，走在曲曲折折的小巷里，去看那些有着光阴味道的老房子，它们的美是凋零的，光与影打在衰老的红砖上，于是显得更老，老房子内飘出的动听的钢琴声和着海浪的节拍声包围在身边，一种前所未有的静谧和安详让我想留下来，发发呆，听听海潮升起落下，一天天，也就老了，老了，就成了这有味道的老房子，看着腐朽，可是，一定味道十足。

是夜，住在海上花园酒店，这里有着人间极不真实的虚幻。没了游人的鼓浪屿有一种迷离，我走出酒店，一个人孑孓独行于那些老房子之间，仿佛借尸还魂的人，坐在林语堂旧居发了很久时间的呆，听着蟋蟀叫，门口的瓦罐已经破了，里面有野生的小花。多年前，我是否曾在这里住过呢？随着自己的夫君，是他娇媚的新娘，早起，洗手做羹汤，也放了肉松，亲手制作了鼓浪屿的小馅饼，一人一口地吃着。

月光下，斑驳的红砖墙、布满岁月痕迹的老门楼和院内的百年老榕树散发出一种迷离意境，咖啡馆的灯光十分昏黄，像家。我走进去，坐在靠窗的位子，要了一杯黑咖啡，有些微苦，加了一点

糖，有的时候，微苦是惆怅的，是让人想念的，我知道我会想念这座小岛，它侵略了我的内心，暗合我怀旧的心情，我愿意把更多的光阴浪费在这里。

好时光，真的都是用来浪费的！

第三辑

谁明了，千年心，
万古愁

它有一种脱尘出世的美，

它让我安宁，

让我在整整两天内，

飘尘世外。

它是黄姚古镇，

请原谅我对它的一见钟情。

一个人，黄姚古镇里寻往昔

  踏进古镇，刹那，便被一种气息笼罩了。也可以说，被一种气象罩住了，那种颜色稍显古韵，陈旧。

  可是，恰恰好。

  正是晌午，游人甚少，女人们正在小桥流水边浣洗，远远的青砖瓦房，有袅袅的白烟升起来，恍若油画。一阵风吹来，带着青草的气息，扑入心，扑入面——可真香。香得气若游丝，又香得美艳空灵，这是黄姚古镇的八月，我走在绿荫下，似走在前世。

静谧的午后，我看到几个闲散的老人一脸宁静地坐在自家门口喝茶，看着过往的游人穿过，好像一切都与他们无关。还有那些上了年纪的婆婆，聚在一起聊家常，头上蒙着一块藏蓝色的蜡染方巾，手里拾掇着茶树菇等特产，年轻的小媳妇在几千年前的老房子前卖酸梅和豆豉……

　　没有吆喝，没有喧嚣。阡陌小巷、古街幽井，幽幽的清香似一条清凉凉的小蛇，无形地游进心来。每一幢老房子的白墙灰瓦间，都可以让人穿越时空，浮想联翩：月亮还是千年前的月亮，桥亦是千年前的桥，但到底一切不同了。千年前，那些文人墨客或者政客在官场上落败受挫，选择了这里作为自己的归隐之处，从此喝茶赏月开始另一番人生。选择了古镇，是选择了出世，他们也大抵懂得大隐隐于市的快乐，从此做一个俗人有什么不好？这样的俗人，可以在黄姚古镇的悠闲时光里发呆到天明，可以约三五知己去茶馆喝几杯菊花茶吟诗作赋，还可以，在大雪纷飞里，独钓寒江。

　　所以，美丽的黄姚古镇有太多的文化味道。多少的雅士曾归隐于此，在山水间发现了仕途以外的乐趣，从此与红尘结缘为伴，开始另一种人生。欧阳予倩的寓所就是这样的集大成者，古镇这样的去处还真不少。古人留下来的老房子里有多少美丽而曲折的故事呢？现在没有人追问了，只懂得在草长莺飞、风和日丽的日子来欣赏这样的美景就是了。

只是，在偶尔路过的孩童眼中，看到那种惊异与惶恐，仿佛斑驳的光阴，让人心里着实一紧。

也不是想起谁，也不是记得什么旧事。

就是在这软软的下午，是下午吗？重新想了一下，是的，是下午。

在"偶然间"的下午，在"小桥流水人家"旁边，有厚重的木门。推开的刹那，是惊动了时间的。因为有吱哑吱哑的声音。像电影，很像电影。

小院有几株素雅的青竹，二进门是江南的木门，一扇扇的。推开来，看到厅里有两把老椅子，也有时光斑驳的痕迹。我就这样突兀地闯进这样一间老房子里。地面是青砖，潮极了，泛着很老很久远的味道，地气一股股接上来，熏得我觉得仿佛是在明代。不远处是司马第府。一道道沉重的木门、一节节宽阔的石梯、一块块长满青苔的浮雕、仿佛在向后人炫耀主人家曾经高不可攀的地位。打着小旗的导游一队队从门前经过。好多光阴也从这里经过。

我在有神龛的那条街上，找老人聊天，吹风，大家都悠闲地坐着。假日里香火不断，不少善男信女，虔诚膜拜。我买了一个粽子，一块钱，静静地坐着，猜测着他们的爱情，是否正如这粽子，甜而黏。有打着太阳伞的姑娘走过，并不娉婷，但她静静从小巷深处走来，最是那一低头的风情，虽不张扬，却有着低调的风情。

我记得我发了好长时间的呆。

突然，就想起戴望舒的《雨巷》，虽然没有下雨，我也不是一个丁香一样的结着愁怨的美丽姑娘，可在黄姚古镇的小巷和粉墙黛瓦间，却流着莫名其妙的眼泪。

也许我该是自叹不如的。几百年的古镇，几百年的旧事。古镇的确不再年轻，然而在古镇的小桥、流水、人家中你却找不到战乱、沧桑、世故的痕迹，时间仿佛在这里凝固了。

古镇比我要年长，人生历练也比我丰富，可古镇还是旧模样——依然恬淡、宁静、纯朴、平和，并将这种气质世代相传。其实，世间事，也只是一个经历的过程，苦难和欢喜，皆在我们的一念之间。

风清月明，日朗随心。也许人生到底就是在这黄姚古镇里寻往昔一般的过程，原来，我终究爱着这一路随行的光阴。

恋恋阳朔

　　阳朔，很久了，我都没有再去过。青春的时候那里是最向往的地方，去的时候也正值热恋，觉得万水千山总关情，风花雪月尽胸怀。只是，时光荏苒，日月更迭，我的生活与阳朔渐行渐远。因为不再年少可以天马行空任驰骋，因为趋向成熟而不再自由无牵无挂。于是阳朔便沉淀在我的嘴角，不再轻易吐露。可是，不提起并不代表我忘记。阳朔就像是一根温柔的藤蔓，细细密密地缠绕在我心底最柔软的地方。阳朔，爱情，浪漫。

让我遇见一个千年之前的灵魂吧

那个我喜欢了十多年的小镇有一千四百多年的历史。所以每当我在梦中独自行走或是骑着我那辆天蓝色的小单车穿越那些熟悉的街道的时候，总是满心欢喜地向上天祈祷：让我遇见一个千年之前的灵魂吧。或许这样的想法很怪异，但是我始终相信，在这座矗立了千年的小城的某处，一定会有一些守候了千年的温柔的灵魂，她们的背后藏着哪些暗香浮动的故事呢？那些青石板路上的温润，那些雕龙画凤的檐角，是那些故事里的一片断章，还是一个句点？

提起阳朔，我总是忍不住为她感到委屈，因为这世间有太多的人不知道，那句闻名于世的"桂林山水甲天下"，下一句是"阳朔堪称甲桂林"。阳朔。是阳朔。不知是谁在流传的时候把那首古诗中完整的一句拆分开来，于是一句闻名遐迩，一句沉默不言。其实这样也是好。阳朔本就是一个恬淡静默的小镇，不需要那样张扬的万口传颂，她的存在本身就是一种静默的力量。

那天晚上，我坐在距阳朔几千公里外的繁华大都市看着书。无意之中抬头，从电视上望见这个充满人间烟火的城市，然后，就想起了我梦中的阳朔。

阳朔就是人间烟火中一个温暖精致的小城。西街里，那些随处可见的法国、英国、德国帅小伙，会在与你迎面而遇时笑着Say hello，让人又惊又喜；码头阿姨家的清补凉、西米露、龟灵膏、黑米粥总是让人忘了减肥忍不住一吃再吃；茶点子、地下铁、有茗堂那么适合跟三五好友一人点一大杯奶茶，坐在高脚椅上天南海北地乱侃；或是在KFC跟死党一人一杯雪顶咖啡，在麦当劳跟闺密一人一杯冰西柚奶茶，从早上坐到下午，看阳光一点点地爬上桌面然后打在你我的身上；而那些各具特色的小店总是让人充满惊喜：百宝里来了一批酷似寂地风格的联华笔记本，朵伊出现了一条清新的蓝色百褶裙，娄氏推出了一款可爱的蓝莓蛋糕……这些，都被我如数家珍，每次去阳朔，我也是一遍又一遍地走进那个叫作"一朵一果"的小店，只为爱上小店墙上那些执着的爱恋与痛快的欢喜，还有那句"不负如来不负卿"。不是每一个人都可以遇见一个情深不渝的人，但那样的执着只要是真正地存在过，就好。

心情美好如夜空注视着我的繁星

最近一次去阳朔，是在2011年。记得那天，我走进西街，一大束猝不及防的阳光就袭击了我。将手遮在额前，看到一束束盛开着的花朵，就在我目光的尽头，花瓣肥厚、花形饱满，浓郁的芳香甚至如同已窖藏多年的老酒，也如整条西街上终日飘荡的桂花香。

也许，这就是"何物动人，二月杏花八月桂，有谁催我，三更灯火五更明"。

阳朔始建于隋开皇十年（590），到现在已经有1400多年的历史了。大概是口口相传吧，渐渐地，这里却成了国外背包旅行者

的聚集地，一些外国人也因贪恋这里的轻松人情、秀美风光而停留下来，开店、结婚，甚至生子、扎根。这条长517米的小街，兼容着东、西方的色彩，石板路面，灰砖骑楼，但所有的店铺招牌又是中、英文，双语的。

阳朔西街中段的"明园咖啡"是一朵妖娆、动人的爱情花，里面有孤身的男子、陌生的女子在那里喝咖啡，目光潋滟、表情干净，桌子上的烟灰缸里铺满废弃的咖啡渣，能够吸去陈旧的老烟气，所以店堂里只有清香的咖啡味和馥郁的甜点香，还有舒缓的爵士音乐或者帕格尼尼的小提琴曲。某一刻，音乐竟恍若缠绵的拥吻，沉醉而痴迷。这里咖啡的品质极好，喝的时候，有人就会告诉老板要带一点他们自己磨的咖啡回去，这样，西街的细节仿佛就串在了平日的生活里面，感动和想念会这样揪扯着在繁复的都市中焦虑的心灵。

我推门而入，有人在翻看留言簿，也许是第三十五本或者是第四十八本，而里面盛开爱情，老板娘很细心地把留言簿编号，因为，她知道有相爱的人一定会再回来，有等待的人始终逡巡，有持着诺言的人翘首期待，也有分手的人独记轻愁，所以，她给他们留一片深绿的沼泽来沸腾情感，让他们在留言簿里寻找过去的记忆和恬淡的旅程。店老板，也就是过去的台湾小伙，现在是阳朔的女婿，提了一塑料袋桂林米粉回来，一元五角一份，踢踏的脚步将他温暖而平凡的生活显现出来。

明园咖啡做的"提拉米苏"是令人期待的美味，我吃得无比投入。唯恐新鲜的甜品在端出来后，被炎热的天气掠去部分感觉，苛求的老板在盛夏是不做这道甜品的。似乎，这态度便如爱情，来不得瑕疵。而提拉米苏(TIRAMISU)的意大利语意就是"请带我走"。

透过留言簿，我看到阳朔的爱情。有人在寻找，有人在等待，有人已牵手，有人兀自孤独。

我在西街一个不引人注目的角落吃着烤串，面前还有一瓶啤酒，入夜的时候，阳朔有些微凉意。

我呷一口啤酒，再抬头，一双嗔怪、焦急、欣喜的眼睛正注视着我，我有一瞬间的愕然和眩晕，夜晚从月亮山骑车到这儿我不能想象，因为这一路没有路灯，也没有公车和行人，我和他短暂的相识只是两个小时的事情，他是别人的导游，当时那个旅游景点只有我和他的外国游客，我帮那个外国游客修好了他的数码相机，一个简单至极的小故障，便搭伴一起玩，当然导游费我是不付的。

他坐在我对面一口接一口地喝酒，很少吃东西，不一会儿他的脸就变得绯红，他的话也渐渐多起来，人也很兴奋，甚至透过他喝酒的动作都能感受到他的愉快，我起身去拿烤好的苞米，凝视他饮酒的背影，我可以清晰地感觉到他是快乐的，那一刻。

于是我们聊天，喝酒，气氛美好得就如一首唱在海边快乐的歌。

暮色中，我走在西街的石板路上，鞋跟轻轻叩打着路面，从路中走回街口入住的客栈，心情美好如夜空注视着我的繁星。因为，阳朔值得留恋和想念。

在那样一个美丽的夜晚，找到了爱情

是的，你走在阳朔这样安宁的小镇上，你的心也会不由自主地平静起来。想起安意如说的那句：始终相信，终有一天，我会走入那种不被打扰的宁静，就像那日我站在班禅面前，见他笑时，心里的洁白平静。而现在的这般，也是好。我能够停留在这样温存大气的城市里，在人间烟火中继续我的蛊惑。蛊惑？是蛊惑吧？不然怎么会有那么多异国他乡的人因为爱情、因为山水而留在了阳朔，成就了一段又一段感人至深的爱恋？

看新闻，有个初中的外教——美国帅哥John因为爱上高田的一个女孩，于是留下来在当地做老师；以前有个同事的表姐夫，他几年前从台湾来阳朔旅游，与当导游的同事的表姐渐生情愫，一年前已经喜结连理；咖啡店老板的女儿嫁到意大利，带回来的小外孙黑头发白皮肤，见人就说"你好"。阳朔，从来都不缺少异国

恋情。她骄傲地吸引着世界各地的行路者，让他们漂泊的灵魂找到久违的安宁。张艺谋的一场《印象刘三姐》，山水史诗般的盛宴，更是将阳朔骨子里的风情万种展现得淋漓尽致。而且，有很多人，是在观看了那场视听盛宴后，在那样一个美丽的夜晚，找到了爱情。

有人说，如果一个人不断地回忆，那说明她现在过得不好。我不知道这样的说法对不对。但阳朔总是一遍又一遍地缠绕在我的梦境里。我知道，我骨子里的那份厚重的情节并没有因为时空的拉长而消失。相反，它更加淳厚了。我答应阳朔，我会好好过。

阳朔，阳朔，阳朔，我的、我们的阳朔。

烟雨西塘，追寻这一季的风花雪月

　　总有一些地方，在你的意识里似乎跟它熟悉得耳鬓厮磨，可在某个夜晚辗转时才会发现，那里，其实我还未曾去过。西塘，对于我来说，便是这样一个地方。

　　古镇、古村，去过很多个，而西塘，或许是它太有名了，有名得以至于让我不敢轻易去与它碰触，只担心自己无法压得住它的声名，让自己显得那么的不入流；所以，在很多个日子里，我一而再、再而三地错过西塘。

而这回，我不知道自己是鼓足了多大的勇气，就这样，西塘，我终于来了……

我或许是宋时的一尾鱼，游弋在伍子塘的清波中

过了检票闸口，进入西塘古镇有两条路可以走，我是走的水路。坐在乌篷船上，穿过一座座连接水乡的小桥，畅行流水中，导游说西塘是一座生活着的古镇，景区内至今仍有几千人的原住民在这里生活，而多半还是以老人居多，所以有一句话是这么说的，西塘是小桥流水老人家。或许，这就是很多人不远千里，来这里寻找的古镇吧。

西塘桥多，大大小小的总共有27座。导游说，西塘的桥多是以秀字命名的，什么环秀桥、安秀桥等等，当然也有例外的，比如卧龙桥。卧龙桥是全镇最高的石拱桥，五福桥是最古朴也是最木讷的，永宁桥则是最好的观景点。而在众多桥里，环秀桥就是一首优雅的古诗，半圆的桥孔与水中的倒影合二为一，合成一个碧玉圆环，"船从碧玉环中过，人步彩虹带上行"、"往来人渡水中天，上下影接波底月"……

　　想想，独自站在环秀桥头，望着水中的倒影，这是怎样的一种诗情画意：我想，我或许曾是唐时的一棵柳，屹立在桥畔；我或许是宋时的一尾鱼，游弋在伍子塘的清波中；我或许曾是元时一名浪迹天涯的艺人，说唱着小镇的故事；我或许曾是明时一缕穿过长长弄堂的风，轻掠过廊棚檐下雨燕的翅端；我或许曾是清时河中摇橹的船夫，轻舟如梭，每日在长长的河道中奔波……抑或我就是古镇梦中不归的游子；抑或古镇就是我梦中的水乡……要不然，这水乡古镇何以将我深深吸引？要不然，何以踏上这小镇的土地，我的心

就有一种如归的亲近？

正在盛开的樱花树，灿若云霞

薄暮初降，小镇，静静的，仿佛成了一幅黑白水墨画，白灰的水、灰白的墙、浅黑的树、深黑的瓦，浓浓淡淡、深深浅浅、远远近近，变化无穷，晨岚晓雾，夜风星月，莫不入曲，曲曲动人心弦，一时间，我思绪纷繁，忘记了自己是醒、是醉，还是在梦中。

远远的，如梦似幻，看着烟雨长廊上的各色游人以及热热闹闹的临街商铺，那种跳出三界之外、观望尘世间的熙攘与嘈杂之境，油然而生。几天前，看到一篇关于泰国水上集市的博文，突发奇想地觉得，这样的集市推广在西塘这样的古镇也是不错的。除了可以带动古镇的经济，我想对于烟雨长廊、西街、酒吧街的客流应该也是有一定的缓解作用。当然，这些是后话了，要想建水上集市，还需要更好的管理才行。

从送子来凤桥下了船，被桥头的几株樱花所吸引。城市、公园里的樱花今年看了很多了，而在这斑驳、苍老的古镇中，还是第一次看到。正在盛开的樱花树，灿若云霞，与水乡古镇的白墙灰瓦的建筑形成了相辅相成的意境，更加多了一丝柔美与清新。就这样，我坐在桥边的栏杆上，任思绪放空，摒弃周遭的嘈杂与拥挤，欣赏着西塘带给我的惊喜。

我在一条长长的弄内走着，随便敲开了一扇门

古镇，我喜欢独自逛，这样我可以将那些熙攘的人群忽略，享受只有自己的无人之境。

我从大都市里来，是为了暂时逃开钢筋水泥下的喧嚣，远离那些人事喧嚷，滔滔名利，我想在自己的鞋踏在街石上的清空声音中听自己心跳的声音。我在小镇上慢慢地走着，被雨淋湿的青石地上泛着青黢黢的光，粼粼的波光被吱哑曳过的橹桨搅碎，石桥上的人们络绎往来为了手中的活计，街道上飘着炊烟。"翩翩贾客船，千金呈百货，跬步塞齐肩"，大概就是眼前看到的景象吧。我忽然有了种浪漫的感动，是的，浪漫这个词用在这儿是最合适的。你很难想象在繁华绮丽的沪杭线上，还会保存这样一个民风淳朴的古镇，依旧是一拱如月的石桥，依旧是桨声四起的流水，依旧是青瓦灰墙的人家，西塘宛若一支支幽幽的洞箫：深沉、幽雅、意境悠远。没有杭州开阔恢宏的湖光山色，也没有苏州玲珑精致的亭台楼榭，但你走进它，就会走进一种清空的启悟之中，让人流连忘返。

我在一条长长的弄内走着，随便敲开了一扇门，主人家如此善解人意，为我这个不速之客准备着客房，雕花木床、方桌茶几、应有尽有，让我喜出望外！推开窗，主人家的院子里种满了各种各样的植物，顺着香气望去，几株红色的植物，原来是杜鹃，真是"流光溢彩杜鹃美，花中西施天女舞"。我躺在床上，四周静静的，凡俗的尘世已离我而去，我的心仿佛沉入一口古井中，微波不兴，荣辱不惊，平和安宁。不知古时有多少文人就如我现在一样，隐潜在了江南小镇之中。

　　夕阳西下，慵懒地坐在窗户旁静静发呆，细数着墙上的光影以及黑猫。夜幕初降时，泛舟河上，看一盏盏红色的灯笼亮起，在水面映出倒影。尽管穿着小棉袄，还是冻得我上下牙不停地打架，全身都在发抖。即使如此，我还是在初春的寒风中买了一只河灯，点燃它，然后将它放入河中，然后默默、认真地许下愿望。在黑夜中凝视着微小忽明忽暗的那盏灯随着河水慢慢漂远。

　　游走西塘，有几件一定要做的事：

　　1. 坐一次乌篷船，享受一下水乡的宁静；

　　2. 去老钱塘人家品尝地道的西塘美味；

　　3. 夜幕降临，把自己埋进西塘灯红酒绿的夜色中；

　　4. 选个酒吧或者咖啡馆，发呆，听歌……西塘的咖啡馆和酒吧很多，无论你喜欢怎样的风格，你在这里都能找到。

5. 三月的西塘，有樱花，可以欣赏到不一样的古镇风情。樱花花期短，所以到西塘赏樱花的最佳时节是3月20号至4月5号之间，更主要的是要在平日来，周末和节假日的西塘，人满为患。

6. 在古镇住一晚。

福建土楼，围起来的生生世世

　　如果那样，我可以安逸地坐在庭院里享受阳光吗？

　　如果那样，我可以好好安置自己的窝，把整个房间渲染成红色系吗？

　　如果那样，我可以在大露台上种满低矮的蝴蝶花及蜿蜒的喇叭花吗？

　　如果那样，我可以随时在寒冷抑或初春的季节迁徙到温暖的南方吗？

如果那样，我可以调制各种口味的蛋糕看着他们在炉中变熟吗？

如果那样，我可以对着友好的人微笑抑或不再介怀那些伤害我的人吗？

但是这样，我却是不再是我，拿在手里的远过于心里丢掉的。

黑色瓦顶、红色墙面的建筑

厦门好像来了台风一般，整夜窗户都被风吹得咣当咣当响，心里在清醒的那1分钟还小担心了一下，自己唯一的一套衣服不会随风飞舞到天空中吧，很快就没有了知觉，很快就听到6点的闹钟，身心俱疲，真想任性一下按掉闹钟，疯狂地睡一天，也就想想而已，迅速地刷牙洗脸收衣服，迅速地退房出门打出租。

清晨的厦门有些清凉，路上还没有行人，车辆也不是很多，15分钟到湖滨南汽车站买好去书洋镇的车票，上车又睡过去，途中似乎有一些美景，可惜体力不支，完全不具备欣赏它们的能量，我，需要大补！拨通包车师傅电话，约好10点在书洋站接我，当巴士经过山间一些小型土楼的时候，绿水蓝天下，黑色瓦顶、红色墙面的建筑立马叫人激动起来。

也许不只我们是地地道道的孤独的一代

福建土楼群主要为客家人和闽南人聚集居住的场所，零星地分布在福建、江西、广东周边，以永定土楼群和南靖土楼群为最著名，因为造型奇特，世所罕见，还曾被美国侦察机误认为是中国的核发射装置，整个土楼建筑采山间红土夯实地基，再用木材在其中支撑，一般为方形和圆形，在著名的"四菜一汤"的田螺坑土楼群还可以见到巨大的椭圆形土楼，站在高高的观望台上，土楼居于深山之中，被河流山峦所包围，时时有炊烟冒起，远远地看到当地居民走来走去，小狗、鸡鸭等家禽在门口走动，颇具一派田园风情。

土楼内部有三四层，一般第一层为厨房，因为木质结构，又家家户户相连，防火防风是很重要的事情，宽敞的大院里，土楼居民们坐在自家的门口吃饭、晒太阳、喝茶，还未上学的小孩子们跑来跑去，大概年轻人都已经远离了这种聚居的生活方式，从深山里走到城镇，土楼里面很少看到年轻人，多是头发花白、满是皱纹的老爷爷老奶奶，他们步履缓慢地在狭窄且吱呀作响的木道上踱步，跟在后面，看阳光从前面照的人都发亮，而走廊深处一片黑暗，就觉得一位老人带着你走在几百年的历史中，脚下踏着的、手上抚摸的，都深刻地记忆着一代代土生土长的当地人的过去。

也许不只我们是地地道道的孤独的一代，整个人类社会都是从聚居走向独居，看着各家门口相连，整个大土楼里都同一姓氏，当午饭时间来临，各家都端出饭菜坐门口吃，香气四溢开来，我怀疑，隔壁家某一顿饭用了几个鸡蛋都是清清楚楚的，像是上次在黄昏穿过婺源乡村时候，导游姐姐有点小骄傲地说，那条街都是她家亲戚，然后真的过去和每家探出窗外的居民热情打招呼，就觉得还挺可怕的，要是在土楼，这些一定更是生活的常态，懂得如何收敛自己，融入一个族群里面，这里应该是必修课。而现在，不少土楼已经成为历史景观，无人居住，当地人也开始步入城市化进程，远离古老的生活方式，寻求更为当代的便捷生活，那些土楼里缓慢行走的老人，或许连同这些景观一起，会慢慢地随着夕阳中的云彩远去。

沿着古道慢慢走，老房子在你身边一层一层展开

傍晚时来到塔下古村落，小桥流水人家，还未大幅开发，基本没什么游客，当地人坐在河边聊天，老奶奶在屋后的田里一勺一勺地给青菜浇水，屋里面传来电视和麻将的声音，沿着古道慢慢走，老房子在你身边一层一层展开，就看到了一间茶舍，人们在那里小憩品茶。一袭蓝底白色碎花布衫客家女子，乌黑的发，在脑后随意

束起，笑吟吟地穿梭在客人之间沏茶加水，给人婉约灵动的亲切之感。她细长、微翘的兰花指在莹白的茶具间游走，在斟茶的一起一伏里生动。春茶与井水沏的茶，色碧绿、水透明，暗香轻浮。客家女子请你品茶，却不吆喝买卖，买卖只随了你我心性。驻足小歇的我，也就与客家女子有了这份相遇的缘，一起度过这世外桃源里的一小节时光……

可是将来呢，美景犹在，斯人已远。徜徉在一座座有年代感的房屋瓦舍间，心中激起一层层涟漪。作为一种古老的建筑，年轻人已经不屑于住在这里了，他们向往着霓虹闪烁的城市。留守的只剩下了老人、妇女或儿童，客家人的家守住了，可年轻人悸动的心还是守不住。

远道而来的游客注定会打破这里的沉静——他们会迫不及待地想靠近它，有心或无意地伤害它，直到千疮百孔，变得面目全非。这是一个令人兴奋的时代，也是一个令人迷惑的时代。现代人就是这么矛盾——我们追求舒适独立，却又忌讳亲密无间；常想保留一份原汁原味，却又逃不过时代的烙印。为什么我们不喜喧嚣，却又害怕孤独；为什么我们渴望远方，却又留恋故乡……关于这些哲学命题，我无法回答，倒是应景地想起了一句诗："望穿古今多少事，一袭素衣最土楼。"

此刻，夜大暗了，周遭也开始安静下来，远山之中的土楼又开始飘起袅袅的炊烟。

第四辑

一面湖，一片山，
几点云

有一种旅行，不为跋涉千里的向往，

只为漫无目的的闲逛，

不为人山人海的名胜，

只为怡然自乐的街景。

或走，或停，原则就是看心情。

趁我们都还年轻，多走几步路，

多欣赏下沿途的风景，

不要因急于抵达目的地

而错过了流年里温暖的人和物。

请允许我在梁子湖终老

这年10月，我终于再次来到了梁子湖。从鄂州出发，行驶在乡村公路上，嗅着浓郁的、包裹着你的稻草香，听鸟鸣虫吟，看白鹭站在水牛背上安详地散步，一切的一切都让闯入乡村的你觉得如脱胎换骨一般的宁静和安详。一个多小时后，我们姐弟三人就到了梁子湖的磨刀矶码头。

稍等片刻，我们便登上了游艇。快艇就如离弦之箭，射破深蓝色的湖面，惊起近处的海鸥，它们掠动白色翅膀，从头顶飞

过。如果不是我们这些不速之客惊扰了这静谧的世界，梁子湖可真是一处世外桃源！

斜阳在水波上凌乱成片片碎金，映着远处的小岛，宛若仙境

第一次来梁子湖那会儿，我还在武汉读大学，心中满怀着圣洁的理想，却屡屡向现实低头，或许是为了排遣忧愁吧，某一天，与几个同学跳上一辆破旧的城乡公交，便开始了那次盲目而美妙的旅程。

车沿着一条弯弯曲曲的公路走了很久，穿过几处村庄，越过高高低低的田地，最终在一个偏远的小村落停了下来。

村落里生着许多枝繁叶茂的大树，树下散落着些青砖蓝瓦的农舍，大多三间一处，看起来多少有点破败。与我走过的农村不同，这里的农家没有院落，牛啊，羊啊，猪啊什么的家禽家畜都养在门前的空地上，鸡叫与鸭鸣相和，好不热闹。在这样的村落里，从左邻到右舍，没有墙，只有小路相连。

小村落有一条路通往其他村落，村口有一石碑，上边刻了许多名字，后有数字，从几百到几千不等。正在琢磨时，一位老乡经过，我们便攀谈起来。原来这是村里修路时大家捐款的记录，凭着自愿的原则，有钱出钱，没钱出力，那些金额较大的多是外出做生意或者在

此处定居的人家捐助的，村里人觉得有必要为后世记下这笔功德，所以才立的碑。看来，这路不只修在地上，也连着乡亲们的心啊。

老乡四十余岁，黝黑健硕，朴实和善，他正要去打鱼，见我们好奇便邀我们一起。他回去取了渔具，带上妻子，我们一行数人便出发了。沿着村外的小路迤逦前行，空气越来越湿润，越来越清新，呼吸成了一种享受，梁子湖越来越近了。翻过一道山坡，辽阔的湖面便展现在我们眼前，湖水清澈，碧波荡漾，斜阳在水波上凌乱成片片碎金，映着远处的小岛，宛若仙境。

船就泊在湖边，老乡摇橹，小船轻快地驶向湖心，他的妻子收网，武昌鱼、鲶鱼、鲤鱼、鲫鱼什么的便一条一条丢进船里，还活蹦乱跳的，多么浪漫、多么温馨的渔家生活啊！蓝天、白云、落日、粼粼的湖水，逐波荡漾的小船，所有的这一切构建出大而辽远的美感，涨得我的心里非常受用。

打鱼归来，老乡夫妇热情地邀我们住宿，当晚就把打来的最好的鱼做了下酒菜，我们享用了美味后就在这个安静的村落里美美地睡了一晚。

第二天鸡叫时我们离开，想留下老乡的姓名和电话，希望有一天可以回报他们的款待。老乡淡然地说：不用麻烦，你们这一去，我们应该再也不会见面了。

毕业后，我辗转于不同的城市，忍受着同样的喧嚣、烦躁，当年的豪情壮志早已湮没在琐碎的生活中。身心疲惫时，我常会想起那个偏远的小村落，想起那位淳朴的村民，想起那些没有院墙隔离的牛啊、羊啊、猪啊，仿佛我又来到美丽的梁子湖畔，回到那个世外桃源，回到了让我宁静、给我无限的温暖的地方。

此情此景，我们边吃边享受着音乐，空灵而绝美

这回，我从深圳，千里迢迢又来了。幸好，一切都还在我的意料之中，多年前亲近过的梁子湖，它仍旧是这么旷达、浩阔！虽是丽日晴空，但湖面却烟波浩渺，水天一色。

俯视，湖水碧透，盈盈生长的水草可见根部。掬一捧入口，清凉、甘洌，那种纯天然的滋味，是时下流行的各色矿泉水所不能比拟的。

湖心深处，渔民们用渔网和竹竿摆下捕鱼的迷魂阵，那成排的竹竿顶头，站满了白色的海鸥，它们都朝着一个方向，站得极其工整，颇像列队的士兵。只是，那些忙碌在湖心的渔民，是否有当年那个热心老乡的身影？

这次，终于登上湖心梁子岛。只见，到处洋溢着渔家的生活气息，小街两旁，遍布着渔民们晾晒的鱼干和鱼片。有几只猫悠闲地蹲在下面慵懒地晒着太阳，或许是渔乡那浓浓的气息早已填满了胃口吧，它们对其所钟爱的美食却懒得再看上一眼了。

在这里，鱼是特色。只有深入其间，你才觉得眼界大开，各色鱼种，品类齐全，蔚为大观也。梁子湖的鱼，味道鲜美，加上这儿人人手艺精湛，百人百艺，千鱼千味，故有"黄山归来不看山，梁子离去不食鱼"之美誉。

我们去的时候，正是金秋时节，鼎鼎有名的梁子湖大闸蟹大行其道。中央一条古色香浓的旅游街已是人来人往，川流不息，而绝大部分是"食客"。当然，我们也不能免俗，挑了个人多的酒家，上了几只大螃蟹，点了一盘武昌鱼，配了几个时令小菜，不亦乐乎。其间，有当地老艺人在唱小曲，也有时髦乐队演绎经典。天空也作美，下起了蒙蒙细雨，此情此景，我们边吃边享受着音乐，空灵而绝美。

饭后，我们沿着岛上那青石板铺成的小街，一路寻觅，街道确是古老，地上的青石已被岁月踩出深深的印痕，两旁斑斑驳驳的土砖瓦房被炊烟熏得漆黑如墨，有的满布着尘网，看得出渔民的日子还依然有些艰辛。但是他们活得却很是滋润。青壮年见得不多，偶尔有些，也是夹支香烟，悠闲地在房前屋后踱步，倒是老人居多，随便一间房子里探出张脸来，打听一下，就是80多岁的老人。他们都显得很是健旺，看不出老态龙钟的痕迹，据说梁子湖的生态环境绝好，连洗衣粉的污染都没有，所以适合居住到终老。

一直向东，是岛上的风景区。说是风景区，却是景也不是景。是景，沿途景观林立，跑马场、鄂王台、校兵场等应接不暇；不是景，沿途只是一般乡村都有的草树，无雄奇也无秀丽。不过，有心情的地方就是风景，我们姐弟成年后，一直各分东西，很难有这样相聚的时刻，所以，此时，我们远离了城市的喧嚣，远离了汽车尾气，远离了现代工业，一起说说笑笑，在岛上走走，就像是在一个天然氧吧里享受，心情不错，自然风景怡人了。

岛的最东端是一裸露的山梁，就如一埋头饮水的龙的背脊。山梁上立着一对母子凝望的雕像，听闻是一段跟"孝心"有关的美好传说。有很多人在那里，合影留念，当然，我们姐弟三人此行，也把一些记忆凝固在照片里。因为，不知道下次见面，又是在何时。如果可以，我希望亲人能够相距近一点，可以随时见面，可以嘘寒问暖，可以如梁子湖这样，始终纯净美好。

傍晚时分，当我们乘坐的小船恋恋不舍地犁开波浪，却见远处湖面上突然惊飞起一大片水鸟，它们啾啾鸣叫着飞向远方，化作了一团烟雾。那一刻，我看到了"秋水共长天一色，落霞与孤鹜齐飞"；那一刻，我想说，请允许我在梁子湖终老吧。

最忆是西湖，烟雨蒙蒙

七月天，细雨如酥，雾霭蒙蒙，我从千里之外，一路风尘，赶赴西湖。那个千年以来便被人熟知而传诵至今的地方，那个许仙与白娘子结缘的地方。

今日，我也将一睹西湖的容颜。

当我下车的那刻，西湖给我最深刻的印象便是一眼望不到边的湖畔。

细雨如酥，淅淅沥沥，我伸出双手，感知着西湖的丝丝柔情，荡漾在心间。

一片雾霭，水汽蒸腾，西湖岸边的山，远近不一，深浅不一。

它的大，它的远，是超乎我的想象，像是遥不可及的天空，纵使你想触及，但终究未能如愿。

最惬意，不过就这样漫无目的地走

古人张岱有云："西湖七月半，一无可看，止可看看七月半之人。"而对于我这样一个自小生长在南方的人来说，无论是哪个季节的西湖，都是可爱的。七月也好，有雨，有荷。

张岱把七月去赏游西湖的人分为了五种，我仔细想了想，似乎很难把我们归为哪一类。我们这一票"文艺青年"，一路上嘻嘻哈哈、疯疯癫癫，走走停停，在熙熙攘攘的人群中，自成一道风景，稍微有心的人便可看出，这几个人恰是一句成语——天南地北。

"山外青山楼外楼，西湖歌舞几时休？"

我们来自不同的城市，这好似绝不可能生出什么瓜葛的一群人，而此时此刻就在风情万种的"楼外楼"推杯换盏，大快朵颐，快活极了。笑谑一句，西湖醋鱼竟像某人一样，是别样的酸呐。

最惬意，不过就这样漫无目的地走。我走得很慢，偶尔停下来站一站，马路上人流车辆寂然而过，我恍如站在时光的河里，醉在这去尽繁华的水墨街头，淡淡温暖。

似乎在那遥远的南方都市里，固执而忙碌的我一直用尽自己所有的努力在坚持着什么，固守着什么，承受着什么，在这一刻，忽然都放下了，只剩下环绕在周围的依赖与信任的宁静。西湖很大，步履随意的我走得并不完全，却不遗憾。我来这里，不是为了看风景，不是为了照相留念，只是一定要来看看它，看看一票文友，如此而已。

果真是先爱上这片湖，后爱上生在这里的那个人

一直觉得7月是个浮躁的季节，我虽不是出生在这个月份，却也不想说它太多坏话。可事实是，七月的西湖，确有许多缺憾。此时百花已殁，只有荷花，且都已经袅袅地开好了，不见荷花独有的那种含苞欲放的娇羞，只是粉红碧绿，绚烂一片。好在，那日下了雨，退了暑热，也为西湖添了几许缠绵的温情，我也可有机会不醉佯疯地撑把伞学着素贞的模样在断桥上找我的许仙。而哪里有许仙？若真有，也要当机立断一剑刺死，免得他贻害人间，搅得人心神不安。笑，我不过是为了娱乐一众文友罢。

断桥，从前叫段家桥，不知道是何年何月何人给它改了"断桥"这个不详的名字——断，是生生地疼，等待劫后余生。我是中了李碧华的毒太深。

　　七七说，初到杭州时，每日都要来西湖边上坐着，直坐到了仲夏，酷暑难耐。我信她，果真是先爱上这片湖，后爱上生在这里的那个人。而西湖于我，未见时，因为看过太多骚人墨客赞赏它的诗

文，心里惴惴不安，恐怕见了后未能感受那诗文中的美，回来转述亲友时，词穷句短，或者都是别人写过的感受，竟俗了。到底还是俗了，我想，若不是人们心中有白蛇千年不散的爱恨怨憾，这西湖不过亦是一潭死水，不懂得汹涌。

袁宏道说："西湖最盛，为春为月。"我未赶上春日五月花开，也错过了月下秋叶纷飞。好在身边尚有朋为伴。抱着乐观的态度，就算无花无月，只要心中有情，大家亦能常少年。

走累了，大家都想休息，看前面有一座新亮干净的小亭，里面有个半圆形的建筑，四周有沿，貌似可坐，我和冰雪急忙溜过去，刚要坐，只见亭柱上写："桃花流水杳然去，油壁香车不再逢。"叹，——竟是苏小小翻新的墓，我们四目相对，愕然。

"妾乘油壁车，郎骑青骢马。何处结同心？西泠松柏下。"

这墓虽可年年翻新，而这悲哀却是亘古不变的次第沉淀。哪里还好意思坐咧？走吧。

那烟雨锁住了西湖的岸，那雾蒙住了我的眼

终于没有去登那雷峰塔，隔岸远眺时，雨雾中尚觉得它若隐若现，倍加神秘，而到了它的脚下，仰望处，看得真切，塔外居然接了两架电梯，真是煞足了风景，想都不想扭头走了。早知如此，倒了就叫它一直倒着好了。

终究是没有弄清楚苏堤中间那六座桥：映波、锁澜、望山、压堤、东浦、跨虹的先后顺序，也不能把西湖的新老十景如数家珍地一一指出。因我本就从未看清过。那烟雨锁住了西湖的岸，那雾蒙住了我的眼，倒也混沌得自在可爱。影来池里，花落衫中……

不知不觉到了下午，天空依然不肯放晴，赶火车的人们要走了，我们绕了半个西湖，不知道算不算到达了彼岸。佛说：摘得彼岸花时，一切苦难都可得终结。而此时，彼岸无花。

天下没有不散的宴席，古龙的精神告诉我们，这一次的分别，是为了下一次的重逢。于是，我们微笑着挥挥手。

初识古龙于豆蔻年华时，那时如火如荼的迷恋，如今已淡如闲云。冰雪说，若古龙尚在人间，是不肯喜欢他的。大家问：为何呢？她说，难道，还要我们与他一起纵情酒色？沉思一下，有道理。所以，此时的我，更喜欢萧峰只爱一个阿朱，更喜欢胡一刀对夫人的疼爱……

古龙越来越只符合男人们的幻想。

但我们得以天南地北地聚在一起，到底是为了那一句：谁说英雄寂寞，我们的英雄就是快乐的！因此，我们都是快乐的。

黑暗中，我们只能握手告别

杭州的夜，是醉人的眼，尽是媚态。它比西湖符合我的想象。这里的霓虹灯不如深圳的亮，这里的小店都早早地关门，杭州人要比深圳人懂得生活，把一切都打点得精致仔细，不肯有一丁点的凑合。因为台风的缘故，那日的风很大，我记得我在风里说了很多话，却早已忘了内容。其实不停地说话只不过是需要一点声音来掩饰在异地的寂寞和彷徨。

飞絮说："有人的地方才会有人群，有家的地方才会有门，思念的两端才有路，原谅过后才懂得报恩，你我也是如此，我并不是说我们终究会在一起，而是说，孤单，终究属于我一个人。"

一直很喜欢这几句话。一个人的时候总会默默地反复念。它看似苍凉却是实际的，它叫我们承认生活应该简单一些，不该总有太多为赋新词的愁绪。无论我们生活在何处。或许有一天，我离开了深圳，却不一定会在杭州。我们与生活互相拖欠，谁也无能为力。黑暗中，我们只能握手告别。

有时，我深深嫉妒西门吹雪对剑的执着，我深信，我们生存的全部意义，来自对某种事物的执着。而我是容易摇摆不定的人。还好，有如藤苇般的坚韧。

青蛇说：若命运亦可挑拣，但愿一切都不曾发生。

所以我们应该学会如何在还未绚烂到不可收拾的时候戛然而止，而不要等到开到荼蘼花事了时，如临了一弹指的绝笔。

我们皆是凡俗如昨，亦将凡俗一世，等待着幸福如三月的春，在生命中匆匆破冰而来。

只能说到这里了，天下没有不散的宴席，人生百味皆云烟。而江湖其实只是墨点般大小，转个弯，也许我们就又相逢在灿烂的季节里。那该是怎样一番风吹花开，行云流水，天空正高正远正苍蓝啊……

只盼，相逢处，尽欢颜，尽欢颜。

你是落入人间的一滴泪

　　那年的秋天，我独自一人走进了神秘而唯美的"女儿国"泸沽湖。从旅途开始就对这次行走充满着敬畏，几经辗转，几乎是采取折磨的方式来旅游，因为我知道，唯美的东西，是需要付出代价的。

　　赶到泸沽湖时已是夜晚。当头顶出现满天的繁星时，车上的人都开始惊奇地叫好。布满繁星的夜空似乎伸手即可触摸。月光下，视线的另一边是满满的一湖水，在黑暗里感觉那微微荡漾的波浪带着凉爽的秋风给远道而来的客人提神，那夜，我们住在一户真正的摩梭人家。

高山上的湖水，是躺在地球表面的一滴眼泪

泸沽湖的秋色和宁静是我这辈子见过的最美、最难以忘怀的。车绕着泸沽湖不停地往下转，导游大妈告诉我们，泸沽湖是女神悲伤的眼泪汇成的。刚听到时觉得很煽情，而且毫无创意。当真正看到泸沽湖时，还是被眼前的景色所震撼——高原的湖泊静静地躺在这里，缓缓释放着生命中最深处的宁静，蔚蓝的天空没有一朵走动的流云，纯蓝的湖水在此时没有任何的涟漪，岛屿点缀湖泊，神山屹立湖畔……所有的一切都如画中的景象。

就这一眼，感觉先前所付出的所有辛苦都非常值得。想起齐秦的歌"高山上的湖水，是躺在地球表面的一颗眼泪……"那么眼前的这面湖水定是最美的那滴。四周青山缥缈，几家村落的木房子，掩映在绿树中，若隐若现。这是梦？是生活？突然觉得自己不真实起来。

泸沽湖的水在一日之中有着众多变化：早晨是忧郁的深蓝，在黄昏时已有闪亮的金黄。那是怎样的美丽，带着纯真圣洁的金色，耀眼而温暖，在四周迷离的村野景色里显得格外骄傲。虽只是把自

己的光芒留给那片湖泊，却把整个的村庄都渲染成了凡·高心中的那座缪斯神殿。甚至连码头上停泊的那一排简陋的猪槽船也极为荣耀地镀上了一层金。

我的心跳在片刻间加快，想呼喊，想大叫，想幸福地歌唱，却只是站着呆呆地欣赏，要把这里的每个景色都贪婪地吸收在自己的相机和脑子里，以便日后还可以在梦里回味这片完美的圣土。

背水的姑娘，不经意间已走进了黄叶飘扬的诗

我就是和黄昏一起走进泸沽湖的草海，凝望村舍与湖泊依依相伴，仿若凝望一对恋人在夕阳下、烟波畔一起度过的一段柔美时光。湖畔横着几只古老的猪槽船，村庄生活就这样在水的闪光中一茬又一茬地生长，生长着一种鲜嫩的、五彩的日子。鸥鹭和野鸭，眷恋地成群飞舞，湛蓝的天空因此显得无比高远与空灵，划过的羽翼，扬起晶莹水珠一样的吉祥和美好祝福。空气中弥漫的酥醴玛酒的醇香，让一切仿佛带着午后微醺的惬意。

背水的姑娘，不经意间已走进了黄叶飘扬的诗，长长的百褶裙流动着山水赋予的温柔岁月，艳丽的腰带编织着绿树鲜花的青春年华，那高高盘绕的长发收藏着一个个甜蜜的夜晚，那水波样

的黑眸荡漾着爱情的企盼与幻想，于是，露珠闪烁的夜晚，花楼上独特的"阿夏"婚姻，一种母性崇尚的美德，一种爱情至上的单纯，在摩梭女性的命运中，交给水的陪伴，安然如一汪水上的月亮，温柔地映照泸沽湖一草一木的沧桑。于是，泸沽湖，在桨声里摇荡出女性如诗如梦的曼妙。

湿润如水，方言丝丝缕缕飘散在泸沽湖的上空，一个从渔网里打捞出来的传说，让摩梭女子用尽一生，动情地吟唱心中膜拜的格姆女神：当远方前来幽会的情人离去，格姆女神的泪水滴落在马蹄印中，那悲伤的哭泣，让思恋的泪水蓄满了整朵蹄痕。从此，泸沽湖便在人们的心里深嵌着爱情的意韵。

夕阳圆润，夕阳橘红，就像一滴久浸思念的苦泪，向着湖水荡漾的一川故土滴落。木楞房的窗口垂挂着串串民谣，浸染着水光的滋润；湖深处摇桨的少女，在情歌里，羞红了水灵灵的青春，清纯的目光如涟漪般荡

漾开去，一圈一圈，醉得一群群异乡人心驰神往，流连忘乡。湖光恋着山色，情歌暖着心灵，在花楼的歌声里，在日暮与清晨，守望和回望的，是心灵的牵挂。

把世代相传的歌谣唱成一首首生生不息的宿命

弦月落泊，瘦鹤暗渡，一身洁白，泅渡爱情的岛屿，摸索着一道道古旧的木门，在一声声凄凉的清唱中，在一片芦苇的金色的宁波里，为长久的等待吹熄了那盏残灯。这是一个鸟语花香的夜晚，月光照亮所有水上的波纹，那瓣海藻花载着的，依然是那只芬芳了数十年的蝶。波光粼粼，月色如玉，有人在水天之间演绎着一幕人生的离合悲欢。

南方以南的山峦上，泸沽湖是高原上的柔情水乡，因为一个母系家庭中一群朴素而深情的女子，因为一个部族里的信仰和固守，因为一院典雅而陈旧的木楞房屋里、那永不停息的火塘，却用一种古迹般的厚重情意，书写着诗韵画意，自然地陈列在一间间古老的母亲屋里、一幢幢飘香的花楼上、一院院香烟袅袅的佛堂中，把世代相传的歌谣唱成一首首生生不息的宿命。

水在岁月中流淌过寂静的土地，遍野开放的是鲜花和牛羊，那靠水而居的民谣，传唱了一代又一代，那围绕着篝火的舞蹈，一双手紧握着另一双手，紧握着一个民族的力量，让湖畔的圣地颤动着一个个不跳动的音符，把一种古朴的生活舞蹈成浪花四溅的美丽。

在泸沽湖的夜晚，我静静地坐在沾满月色的时间里。灵魂的血液，红过一片季节的山野；一豆烛光，照见在酒香中流浪的诗句。你说，你要把禁锢已久的形骸弃置于荒岛，让洁净的湖水，浣洗你诗意绵延的残骨。因此，我仰望着格姆女神山，仰视着在灵魂栖落的岛屿上孤寂飞翔的灵鹤。那一刻，那山，那翅膀，映耀着我幽暗无涯的心灵，沐浴湖水月光。

闲作庐山一片云

　　庐山名声在外，但几次路过，终未成行。这是2015年的2月，我终于到达了庐山，可在去的旅途中，竟跟着高速路的指示牌去了一个叫"庐山西海"的度假村，让人哭笑不得。看来，名声太大了，总有A货在如影随形，连庐山也不能免俗。

　　夜间乘车上山，腾腾的浓雾罩着山路，车灯只能照见前方二三十米的距离，此外一切不见。到山门停车购票时，我摇下车窗，微冷的早春的风拂面而来，抬头一看，竟有一轮明月高高挂在天空，冷静而轻灵。就这样，踏月而行，我们竟在两个小时内开车登上了庐山。这两个小时内，气候由早春迅速进入了隆冬；这两个小时内，在生命中显得极其渺小的两个小时，却让我的身心完成了一次神奇的穿越。

这个夜晚，我也被月光惊醒了

赶赴下榻酒店的汽车驶过牯岭镇的时候，灯光缭绕下的庐山给我的最初印象竟是桃源仙境：土地平旷，屋舍俨然；有茶馆、酒楼、百货之属；黄发垂髫，并怡然自乐。不过他们看见了我们没有"乃大惊"，因为上山旅游度假的人很多，虽然是春节将至，酒店却爆满，好不容易订到一个房间，却陈设简陋。好在庐山空气清新，景色宜人，可以让人附庸风雅，伤古怀今。

在冰冷的空气里，我和庐山一起慢慢回忆，细数过往点滴：夏禹治水的时候曾经登大汉阳峰，周朝的匡俗曾经在这里隐居，晋朝的慧远法师曾经在东林寺门口种松树，王羲之曾经在归宗寺洗墨，陶渊明曾经在温泉附近的栗里村住家，李白曾经在五老峰下读书，白居易曾经在花径咏桃花，朱熹曾经在白鹿洞讲学，王阳明曾经在舍身岩散步，朱元璋和陈友谅曾经在天桥作战……往事不堪回首。然而凭吊也颇伤脑筋，况且我又不是诗人，这些古迹不能激发我的灵感，跑去访寻也是枉然，所以除了心里想想，还不如一顿饱餐让人来得愉悦。

晚餐选择土菜馆，饮食卫生让人不敢恭维。唯有老板的热情，让人分外感动。老板也是外地人，却已在庐山住上别墅。他告诉我们，这里的别墅，大多都是像他这样的生意人。沿路走回，细细打量，才发现，庐山俨然是一个成熟的商业街，连广场舞也那样肆无忌惮地热闹着……我赶紧戴上帽子，风大，雾无声无息地、迅疾地扑上来、扑上来。那雾有阴杀之气，让人觉得不祥。

这夜，我却未眠，记得有首诗说喜鹊"被月光惊醒"。这个夜晚我也被月光惊醒了，外面夜空晴得吓人，松涛似鬼哭狼嚎般，所有隐士的诗涌上心头。半梦半醒间白昼降临的时候，宋朝的庐山一下子就没有了，倏乎到了民国。小时候读过徐志摩的《庐山石工歌》，现在翻出来看，"唉浩唉浩"的号子没有了，矮小精壮的石工确是见过一两个，还有三叠泉石阶上年轻的滑竿挑夫。俗世为了温饱的炼狱挣扎从来没有停止过，如同对来世净土的向往，这何尝不是另一种修炼，慧能不就是个烧火的粗人？

用脚步丈量着这些老房子的年限，仿佛隔世

到庐山的人，大概没有不去花径走走的。去到花径后，大多都

会在有着"花径"二字的门前照相留影。大门两侧的刻联"花开山寺，咏留诗人"确也意味深长。门外的景色令人流连忘返。尤其黄昏时分，车少人稀，一边是湖，一边有山。倘有风过，山呼水应，不经意间，会觉得不是人间。而我更喜欢，在那些老别墅里走走。这是庐山的早晨，吃了一碗白粥，我们踏着晨曦，拾阶而上。人很少，山上很安静，我们不敢惊扰，只默默地走着，用脚步丈量着这些老房子的年限，仿佛隔世。此刻，庐山给予我的感觉与昨夜闹市全然不同，仿佛我的手已经把它抚摸过了一遍，每一处地方、每一处名称、每一处景色都让我感到亲切无比。山上的老别墅在阳光下闪着辉光，即使陈旧了的铁皮瓦屋顶，即使磨损了的门窗，即使黯然了的石墙和扶壁，即使已经面目全非的罗马券和老虎窗，等等等等，无不让我感受到一种别样的美丽。这里住过南京政府时期所有的大官、教士，列强的外交人员；这里住过美丽的赛珍珠，当然还有宋美龄。

终于说到宋美龄了。提起庐山，几乎没有人不提到她曾经住过的那幢漂亮的房子：美庐。美庐，正如它的主人一样典雅和幽静，拥有那种令人一唱三叹的韵味。它被每一个上庐山的人津津乐道，仿佛美庐是庐山的一个兴奋点，仿佛不谈美庐，庐山就无法让人尽兴似的。世人们的趣味真的是很俗。他们大肆地宣扬着美庐，只不过是因为这个房子的女主人曾经是中国位高权重的第一夫人，她是那样的美丽年轻，富于才华，而她的丈夫却有过几次婚姻且比她年长得多。他们老夫少妻之间的爱情故事一直是人们永远不减兴致的谈资。

在庐山过夏天的日子，真的令宋美龄十分惬意。她常常是乘坐着军舰来，有时也乘坐她的专机。她和老蒋都颇喜欢游山，山上所有的佳景几乎被他们游遍。有些地方去过几次仍不厌烦。或许每次去的心境不一样，景色就会不一样吧。可到如今，宋美龄大概怎么也想不到，自己的宫邸却成了世人最爱的观光点。

在这里，做庐山的一片云，多么美

从美庐出来，已是正午。庐山恋电影院前的草地上，有几对情侣正在惬意地享受着温暖的阳光，脚下的小溪潺潺流过。拍照的人颇多，有白发老人，无惧逼仄的山路令他们体力不支也要留影纪念；有妇人或者少女，不辞辛劳带着衣服、每到一处景点就兴高采烈地更换。这些令人赧然，而混迹人群之中，却也自有些污浊的快乐。

庐山，走马观花地游庐山，能记得的大概也就如此了。其他的政治类的会议遗址，我实在是没有兴趣去瞻仰。倒是在离去的时候，发现有个景致极其震撼：一块巨石突兀地卧在山路拐角。站在这块巨石上，四下展望，远山的轮廓犹如波浪一样漾开着，云雾便在波峰一样的山顶缭绕不断。那一刻，天上人间，我是那最多余的俗物。

怀着敬畏之心，我虔诚地跳下巨石，终究，庐山是不属于贩夫走卒的。汽车盘旋而下，凭窗远眺，但见近处古木参天，绿荫蔽日；远处岗峦起伏，白云出没。有时一带树林忽然不见，变成了一片云海；有时一片白云忽然消散，变成了许多楼台。正在凝望之际，一朵白云冉冉而来，飘进了我的心里。当时就想，在这里，做庐山的一片云，多么美。

我不希望，留在记忆里的，只是充斥着人群的人造乐园，只是地标性建筑前到此一游的相片，只是大包小包疯狂地采购。我希望，切切实实地踏在这片土地上，在短短的几天有限时间里，尽可能多地去了解、去感受这座城市、这里的人、这里的文化。日后回忆起来的，都是真真切切的港人生活。对我来说，这才算是真的到过一座城市。或许，这才是旅行的意义。

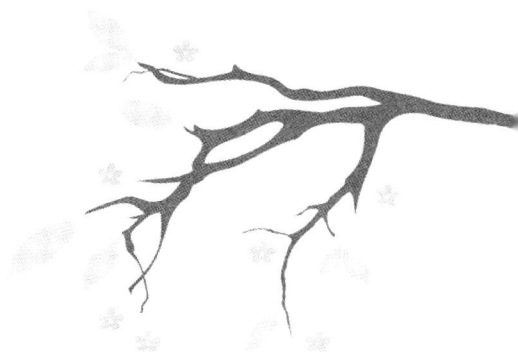

第五辑

请记得，我爱你，
如最初

一起坐过摩天轮的恋人，

你们是不是一起走到天长地久了呢？

今夜我在台北的摩天轮下，

对对成双的恋人们让我相信

——至少在通向天空的那17分钟里，

摩天轮的每个格子里都装满了幸福。

时光机里的香港（1）

　　爱之于我，不是肌肤之亲，不是一蔬一饭，它是一种不死的欲望，是疲惫生活中的英雄梦想。——杜拉斯

　　每次出行，我总是会带一本书，放在包包的最上层，坐火车或者在飞机上的时候就拿出来翻阅。2009年，我去香港，我带的是杜拉斯的《情人》。

那些旧日的恋人，他们是怎样杂乱而无章地穿越了我的青春

晚班车辆从深圳出发，昏黄的灯光照在书面上，很美。坐在车窗的位置，《情人》放在膝盖上，我不再翻阅，眼睛望向窗外无尽的黑暗里，觉得有些窒息。记忆里有很大一片都是被这样的阴霾笼罩着，就像《情人》里消沉的气息、绝望的爱情、绝望的灵魂、绝望的肉体……汽车到达时候的感觉，让我想起一个词——撕裂。总是这样，年轻的时候，还未曾开始，我就觉得累了。

小丽没有时间来接我。我们小时候一起无数次幻想过香港，无数次亲近过它，在我们青春的岁月里，它给我们带来了无尽想象。记忆中的香港，是光影中的活色生香，是刘德华装酷的POSE，是张曼玉曼妙的身材，是哥哥忧郁的眼神，是王祖贤飘逸的长发；那些曾经熟悉的地名——旺角、尖沙咀、浅水湾、铜锣湾、赤柱、中环、红磡，油麻地……像旧日的恋人。它们是怎样杂乱而无章地穿越了我的青春？那些低过屋檐的时光，一寸寸仿佛过不完，但香港是远在天边的一个靡靡之城，要去，要去——哪怕死在那里，亦是牡丹之死，富贵而迷乱。

终于，小丽在香港奋斗，而我也站在香港的街头。这是第二天上午，大约十点钟的光景，小丽早早上班去了，我独自走在达

之路，整条路上静谧而安详，干净，绿化覆盖率高，是我对香港的第一印象，让我因灰蒙蒙的天空而皱起的眉头舒展开来；街道狭窄、红绿灯纷繁复杂、道路坡度起伏很大，这是我对香港的第二印象。

走完长长的Tat Chee Avenue，拐过大坑东道到界限街，本是要走到弥敦道上的，可是香港的路牌是不标识南北方向的，于是，我这个超级路盲＋方向盲，在这条路上来来回回走了四趟才走对。如此这般，走错方向，再回头，在香港的日子里，反反复复出现了很多次。

好在，我是一个人走，不会有人抱怨；好在，我不赶时间，不怕走冤枉路，一条路，细细地走两遍，也有不一样的味道。

天空作美，时不时地飘会儿雨。在雨中，我踽踽独行，走过旺角，走过油麻地，或许是在白天，我无法感受它们的独特，或许入夜了才尽欢。那些熟悉又陌生的地名，似曾相识的街道，既觉亲切，又感疏离，而此刻，我，不过是路人甲而已。

关于重庆森林

"不知道从什么时候开始，在什么东西上面都有个日期，秋刀鱼会过期，肉罐头会过期，连保鲜纸都会过期，我开始怀疑，在这个世界上，还有什么东西是不会过期的？"

"每个人都有失恋的时候，而每一次我失恋，我都会去跑步，因为跑步可以将你身体里的水分蒸发掉，让我不那么想流泪，我怎么可以流泪呢？在阿May心里，我可是个很酷的男人。"

"不知道什么时候开始，我变成一个很小心的人，每次我穿雨衣的时候，我都会戴太阳镜，你永远都不会知道什么时候会下雨，什么时候出太阳。"

"如果记忆是一个罐头的话，我希望这罐罐头不会过期；如果一定要加一个日子的话，我希望是'一万年'。"

"我和她最接近的时候，我们之间的距离只有0.01公分，57个小时之后，我爱上了这个女人。"

"我以为我可以跟她在一起很久，就像一架加满了油的飞机一样，可以飞得很远，谁知道飞机中途转站。"

沿着弥敦道往尖沙咀走，重庆大厦就突然出现在眼前。门口站满了印度人，黝黑的脸庞，诡异的头巾，《重庆森林》里林青霞疲于奔跑的画面出现在我的脑海里：晃动的镜头、急促的步伐、一张又一张印度人的脸……在这座大厦的房间里，一个寂寞的女人，穿着雨衣戴着墨镜，酣然入睡；一个寂寞的男人，看了两部粤语长片，吃了四次厨师色拉，凌晨离开。

那房间里的味道分明就是寂寞，一种带着空虚的寂寞。也许这两个寂寞的人错误地以为：只要两个寂寞的人在一起，就不会那么寂寞了，可结果证明：两个寂寞的人在一起，结局是双倍的寂寞。

每个人都想要有始有终，却总是不了了之。孤独的时候，有一个对话的人，也感激地以为这是福祉；大多数时候，我们只能对着肥皂、毛巾、衬衫，自说自话，就像电影里的梁朝伟。特别喜欢片子里王菲的样子，1994年的王菲，美得让人心动。蓬松的短发、干巴巴的身材、漂亮的小腿、漆黑的眸子、随着California Dreaming随意摆动的身子。

去了中环兰桂坊，却没有找到王菲工作的那家名叫"午夜特快"的快餐店。走过中环的半山扶梯，想象着午夜时分金城武在这里奔跑着，双手不自觉地交叉在胸前，望着旁边耸入云际的高楼大厦，觉得有点冷。我们，不过是寄居在这个钢筋水泥铸造的城市森林里孤独寂寞的动物，失

恋了只能独自舔伤口、与孤独做伴，不敢轻易把自己满是伤痕的心交给另一个人。

孤独到了深处，孤独就成了盔甲。

我喜欢这样的朴实无华、低调安详

走到尖沙咀的时候又开始下雨了。我们看过无数次的香港警匪片，无数次出现的老警署，它们就在这里，如今，它已经被列为法定古迹。虽然在周围高楼大厦的包围下，老警署的钟楼显得很矮小，但依旧很漂亮。我喜欢这样的朴实无华、低调安详。

雨太大，我是直接冲进许留山的。很早就知道，香港有座"许留山"，点了有名的"多芒西米捞"，果真是名不虚传，美味到我吃了一半，才想起来要拍一张照片纪念。曾经被人称为文艺女青年，我一直很反感，但我确实有点小浪漫，有点小忧郁，还有点小情趣。

走出许留山，雨已经停了，但天空的阴霾却更加浓重。云层黑压压地罩在头顶，仿佛伸出手就可以触及。我厌恶下雨，有时却喜欢下雨前压得人喘不过气的阴沉，这样的灰色，绝望而美好。

其实，每次站在高处或者海边，我都有纵身一跃的冲动，这种对死亡最最原始的渴望，不晓得算不算正常，或许，我一直是个疯子。雨断断续续下着，时大时小，让人恼火，躲进新世界中心，逛了逛，实在没发现心仪的东西，就发了会呆，7点多的时候，雨小了，就想着，去走一走星光大道，看看"焕彩咏香江"吧。

维多利亚港。极大的风。独自发呆。看完"焕彩咏香江"，我觉得自己已经饥寒交迫，决定直接回西环小丽家。跟随人群，去码头坐渡轮到中环，《人一生要去的50个地方》里就推荐了香港天星渡轮，这种最最便宜的海港之旅，可惜的是2006年11月11日晚12点，中环爱丁堡天星码头关闭，码头钟声称为绝响；新的天星码头迁至中环七号八号码头，于是，很多东西错过就不会再来，那些消失在历史长河里的经典，如今只能通过图片来缅怀，只能感叹，来得太晚，太晚啊！

记得那天风真的好大，维多利亚港不再是风平浪静，天星小轮随着海浪起伏得很厉害，微微让人晕眩，欣赏着维多利亚港两岸的夜景，心荡漾，至少我没有错过它们。

时光机里的香港（2）

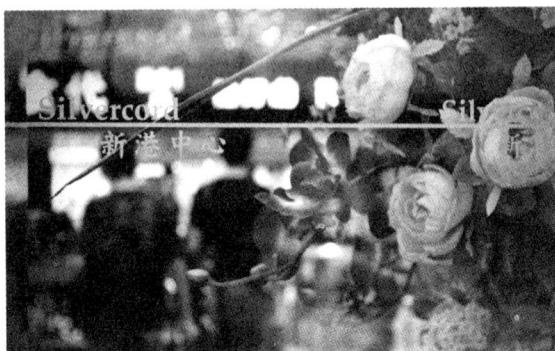

在香港岛繁华的大街上，每天都有古老的有轨电车沿着轨道不紧不慢地叮当作响。

1903年来，它从东到西，走着相同的路线，周而复始，不管外面的世界如何风云变幻，只迈着自己固有的缓慢步伐。它的慢，可以让你从容地观赏街景，暂时忘却都市的紧张压抑，让全身都放轻松，它美妙的行走路线，可以让你深入到港岛的每一个角落，细细品味这个城市哪怕最细微的脉搏。

小丽家在西环坚尼地城附近的百年大楼，出门不远就是"叮叮"车的起点。往返中环和小丽家，我总是选择坐"叮叮"车，一来价格比其他交通工具都便宜很多，二来只要找到电车轨道就能找到车站，很是方便。从西环到中环，只要坐上开往"跑马地"方向的电车即可；从中环回小丽家，随便跳上一辆往"坚尼地城"方向的就行。

我总是喜欢坐在2层最靠前的位置，趴在窗户上，看港人买早点、买咖啡、买报纸……看悠闲的老人、看赶巴士的上班族、看晨跑的老外……这才是生活吧？

不是没有坐过有轨电车。上海、北京，甚至济南都有电车，但都是单层的，香港的"叮叮"车好像是全世界仅存的双层电车了，而且由于香港的道路狭窄，"叮叮"车格外地削瘦高耸，坐在二层，任由电车"叮叮叮叮……"带着你缓慢穿梭在港岛繁华和古老之间，思绪顿时纷繁起来，这百年来的世事变迁就在你面前闪过，仿佛触手可及。

没有奢望，然而很多东西就这么跟你不期而遇了

本来打算去赤柱，到了中环之后开始下雨，风很大，雨很密，不知所措。在交易广场附近下了"叮叮"车，乱走了几条街道，完

全不知道人在何方。拐了个弯，看到三联书店，于是欣然前往。这几天里我"浪费"了很多时间在书店、图书馆，以至于回来后朋友调侃了句："你去香港进修了么？"

在书店翻看关于香港历史的书，于是决定这一天的行程改为逛中环。看到一本书上说，香港现役的电车有160多辆，但大多数都很新，有一辆编号为"120"的是服役时间最长的电车，从1949年开始投入使用，但由于每辆电车的行车路线都不是确定的，没有人知道"120"会在什么时间出现在什么地方，完全只能看运气。我思忖，坐在这么古老的电车上游走港岛，会不会有不一样的感受呢？虽然只是随便想想，并没有奢望，然而很多东西就这么跟你不期而遇了。

第四天的早晨，我照例坐"叮叮"车前往中环，趴在窗上发呆，"120"就这么突然地、魔幻般地出现在我的眼前。我拿出相机，按下快门，跳下电车，跑到对面，冲上"120"，动作一气呵成，身手敏捷得让我自感是女版007。终于，掩饰不住的喜悦，脸上笑出一朵花，我坐上了"120"。

我喜欢一切古朴的东西，仔仔细细地看、小心翼翼地抚摸，期待它会带着我去穿越。

我曾路过半山扶梯，然后坐下来在扶梯上蹲着，透过广告牌下面狭小的空间向外看，这里的某一间就是《重庆森林》里梁朝伟的蜗居；我在中环结志街上的"兰芳园"点了杯丝袜奶茶，很便宜，却让我入口就不得不感叹，原来这才叫奶茶啊！我没有加糖，却满口是浓郁的茶香和奶香；我还在香港很有名的莲香楼，吃到了最好吃的点心；我在教堂，奢侈地享受到了虔诚……

可你会为了所谓理想在如此拥挤的城市奋斗么？小丽的房间只有4平方米：一张小床一个小桌，就已经放不下任何东西了。她和同事合租的那套两居室的房子，每月租金要HK$六七千，小丽说算便宜的了，同类型的房子一般都要HK$8000左右。小丽在一家大公司上班，总是加班，七八点下班都是偷偷摸摸的，觉得没加班会心虚；小丽一有假期，就往家跑，她说她恋家，假期也没办法出去旅游，只想回家。

总是会看到小丽挂着这样的MSN签名：离家有多远，心就有多不快乐。突然就庆幸，我就在爱人身边，做一份稳定的工作，领一份不会让我生活拮据的薪水，有充足的假期可以出去旅游，生活安逸而舒适。原来，我已经很幸福了。

谢幕的时候，你是该起身鼓掌，还是坐在黑暗中微笑？

太阳时隐时现，真的好热，钻进地铁，决定去铜锣湾。7号出口

处有旅游咨询处，对方标准的普通话，让我觉得好亲切。香港复杂的交通让我一次又一次茫然地站在交叉路口。

我实在无法把实际位置和地图联系到一起，不知道我一脸茫然的样子是不是楚楚可怜，只是每当我停下来看地图的时候，总有热情的港人主动来给我指路，路过香港中央图书馆，抱着试试看的心态走了进去，没想到，会如此人性化，让人惊喜：不用寄包、不用登记、不用证件，随便浏览，只有外借才要办手续。

微笑，就这儿了，这燥热的午后，就在这里消磨时间吧！或许是从小练书法的缘故，我喜欢繁体字，这样的午后，在清凉的图书馆，安静地看港版书，悠闲自在。

晚上逛铜锣湾的商场，各种品牌花枝招展，让我看得眼花缭乱。终于满载而归了，却在去往金紫荆广场的途中，又一次在天桥上迷失了方向。

在陌生的城市、陌生的街道、趴在陌生的天桥上，看着桥下飞驰而过的陌生车辆，到底是怎样的感觉呢？好像是突然想起某个人，或者是某些人，他们来了又走了，断断续续地陪你串联起这些年的记忆，谢幕的时候，你是该起身鼓掌，还是坐在黑暗中微笑？

夜深了，金紫荆广场几乎没有人。你漫无目的地走，觉得累；你要去哪里？想见什么人，要做什么事？一切都那么不清不楚，一个声音在说，回家吧，回家？小丽家？可你只是过客，不是归人。

我曾临海孤独，你不曾遇见

早上还是照例坐"叮叮"车从西环到中环，路过皇后像广场，被歌声吸引驻足观看。想起周日是菲佣聚会，录了一段视频，他们唱得很动听，我仔细听完两首，才恋恋不舍地去了邮政总局把剩下几张明信片寄出，然后去车站。

到了赤柱，下了车，我直接就没了方向，拦下一个在跑步的小帅哥问路，小帅哥很热情，普通话也不错，告诉了我方向，跑远了之后又折回来，再仔细叮嘱了我一次。我想起香港电影中，这里是爱情的发生地。赤柱的海边，两个年轻的人，一见钟情，之后离散。

而我，一个人走在赤柱的艳阳下，潦草而荡漾。一路经过的跑车无数，感觉有好几次是贴着我的身体呼啸而过的，吓得我一身冷汗，我就这样一路躲闪着，跑跑，走走，停停。一路从赤柱走过浅水湾、深水湾，走得好漫长，每走到一个公交车站台，就开始挣扎是不是放弃行走选择坐车，然后一次又一次对自己说，加油！就走到下一个车站吧！我知道，这就是所谓坚持。

终于走到深水湾，我决定解放双脚。于是脱下鞋、袜，卷起裤脚，任凭海水轻轻拍打脚背。清凉的海水瞬间让闷热和疲惫一扫而空，沿着深水湾海滩走了走，然后在岸边坐下，双脚浸泡在海水里，悠闲地看着玩水的孩子们。我知道，我又在浪费时间，可是这样的闲适安定，让我忍不住想停留。

回来后用拍的照片做了一套HK的明信片，其中在一张明信片上，我这样写："我曾临海孤独，你不曾遇见。"

有时，我们会在别人的笑声里流下泪水，也会在自己的温暖里感到别人的悲凉。

还记得张柏芝的成名作《星愿》么？故事的背景发生在一所静谧如教堂的医院里，高高的圆拱形天花，素白色的外墙，张柏芝和任贤齐上演了一段人鬼情未了的爱情故事。可惜我抵达的时候，这座充满古典欧式建筑风格的医院已经关门了，即便如此，能到伯大尼修院外面转转，也觉得不错，因为这座素白色外墙的建筑，真的好美。

这天晚上，我也做了个很美的梦。隔天上午起床后，我又重新看了一遍《星愿》，十八九岁的张柏芝有一点点婴儿肥，纯净得像个天使。这是一个关于失去和拥有的故事，关于来不及说出口的爱。失去与拥有，让多少人一瞬间荡到谷地又被抛上云端。有时，我们会在别人的笑声里流下泪水，也会在自己的温暖里感到别人的悲凉；失去与拥有，令许多人重新看见彼此。

人生中最伤心的事是时过境迁，是当你遇见一个对你充满意义的人，但你却在最后才发现，为什么总要在尝到失去的痛之后，才能了解拥有的甜。

趁来得及说对不起，趁来得及说谢谢，趁来得及说爱你，趁来得及去说想说却没有说的话，趁来得及去做想做却还没有做的事……即使不能成功，即使最终的结局不是自己想要的，但至少，我们努力过。

这个道理，我一直都懂，也一直拿来劝慰他人，只是，站在香港繁华的城市街头，我却无法说服自己。

在香港的最后一天，小丽特意请假早早下班，陪我去铜锣湾吃晚饭，也算是给我饯行。离别的时刻，在流光溢彩的香江魅影中，看见小丽匆忙瘦弱的背影消失在茫茫人海中，我伤感万分，这个从小一起长大的闺密，她追逐梦想，她走四方，如今她的脸上疲态尽显，她对我说，做梦容易，生活不易，且行且珍惜吧！

依旧是狭窄的街道，依旧是熙攘的人群，最后一次坐上"叮叮"车到中环，迎面扑来的人事，如过往云烟。我坐地铁到罗湖出关，膝盖上放着在HK买到的黄碧云的书，回忆在香港的那些分分秒秒，微微笑。

再见，香港。

台湾，你是我心内的一首歌（1）

从小到大，阿里山和日月潭这两个名字，像白色背景里两个黑漆漆的剪影，构成了我对台湾岛的全部想象。摊开地图，台湾如一片小小的芭蕉叶静静地漂浮在湛蓝的海面上，它像亚洲大陆不经意迸裂出的一小块沙砾，又像太平洋无心飞溅出的一颗水滴。它是一个神秘所在，仿佛一个蒙着薄面纱的姑娘，伫立在你身边微笑，你却总也无法一睹她的芳容。从未想到，与宝岛亲密接触的机会来得如此之快，以至于透过飞机窗口看到海平面上出现了薄雾环绕下的翠绿岛屿时，我竟有些回不过神。是的！台湾，我来了！

味至浓时即家乡

台北，一种熟悉又陌生的奇妙感觉扑面而来。温暖湿润的天气像极了江南小镇，街道上挂着繁体字书写的广告牌并不难懂，但有些字还真让我们挠了头皮。耳边传来好几种语言，普通话、闽南话……多数台湾人操着慢悠悠的不太标准的"台普"(台湾普通话)，他们特有的柔软的嗲嗲的发音，像一块软绵绵的糖，让我们心里痒痒的，甜丝丝的，备感亲切。

街上到处都是挺着腰杆子的高楼大厦，马路交织盘错、川流不息，各式各样的公司招牌令人眼花缭乱。漫步着，让我有种身在家乡的错觉，许多街道以我们熟悉的地方命名，重庆路、成都路、广州街、汉口街……偶尔耳畔传来老人改不了的乡音，甚至饭馆招牌上让人流口水的也是我们熟悉的菜式——牛肉面、北京烤鸭、宫保鸡丁……

俊男靓女在屏幕上夸张地大呼小叫："这也太好吃了吧。"觉得又可爱又好笑。到了台北，才发现这里的人对于食物果然热情，招待我的台北MM递给我一大杯奶茶，笑得甜蜜："全糖全奶，要吃就不要怕胖。"

新光三越下的各种美食店密密挨挨，但大多只是噱头。尝过了新鲜，最终心心念念的还是台北的老味道。夜市上的那些古旧的老铺子，就都有这么一种时间停滞住的味道。开了几十年的牛肉面摊，半筋半肉的大块新鲜牛肉熬好的滚烫汤底喷香，伴随着筋道的面条，再配上少许胡萝卜、青菜以及小葱，真真色香味俱全，回口也都还有一种淡淡的甘甜。最喜欢的是中药炖排骨，新鲜的排骨熬汤，加上当归、黄芪、枸杞、甘草等十几种中药材，炆火慢炖数个钟头，滤出了中药的苦味却又留存了淡淡的药香，喝起来顺口又暖心。也难怪泛了黄的墙面上，各个电视台推荐的红纸贴了一张又一张。

至于饭后甜品，就是年轻人的最爱了。用刨冰机碎出雪花似的小冰粒堆出了小山的形状，在上面铺上厚厚的红豆、爱玉冻或是珍珠，最后再点睛之笔般的浇上一勺浓浓的黑糖汁。黑糖汁里淡淡的药味渗透了碎冰，配合着红豆的香甜、爱玉和珍珠的Q软，入口都化成了一片清爽的甜意。还有绿莹莹的凉茶摊，有各式青草茶、冬瓜茶、地骨露、芦荟汁……都是地道的古早味，可惜胃太小，只恨自己不能一一尝过。

台湾人对食物格外喜欢用"古早味"这个词，用来形容味道的

传统和古旧，也可以理解为"怀念的味道"。年纪越成熟，越懂得旧时滋味的妙，一如年纪越大越怀念起家乡的好，所以老饕梁实秋先生才说"味至浓时即家乡"。

搭着捷运逛台北

想要亲近一座城市，看看这座城市的传统文化和生活方式，或许最便捷的方式就是搭乘公用交通了吧。在台北，由地铁和城铁组成的捷运，就是与人们生活最息息相关的公用交通之一。

大抵是因为日常生活接触太过频繁的缘故，台北的故事似乎总与捷运脱不了关系。几米用大片的色彩讲故事，失明的小女孩搭乘地下铁从一个陌生的小站到另一个陌生的小站，"寻找心中隐约闪烁的光亮"；痞子蔡的小说里，女主角会骑着机车在捷运站口等下班归来的男主角。人来人往的捷运站，是个多么适合发生故事的好地方。

喜欢台北的捷运，有明亮的玻璃和宽敞的空间，一路都是好风景。车厢内，年轻干练的白领们低着头，认真地兀自读着报纸或是杂志；还有年轻的男女学生，穿着蓝色制服背着书包，互相嬉笑，一脸灿烂；而专为不便人士设置的深蓝色博爱座，即使是在最高峰的上下班时段，也一径空着为适合的人等候。

当然，台北捷运站的设计也看得出是花了不少心思的。"台大"医院站内的"手之组曲"的雕塑昭示着救死扶伤的仁爱精神，生命是那么强韧与温暖；中正纪念堂站采取了民国风的设计，站口是小小的庭院覆着深蓝色琉璃瓦；昆阳站的穿堂玻璃上则是一组旋转木马，有行人经过，便会奏出动听的乐曲。原来，在这个熙熙攘攘的城市里，小小的捷运站不仅有通向目的地的车票，也为行色匆匆的旅客提供着温情。

上车、下车，搭乘那些复杂、交错的捷运线，终于抵达深夜。风微凉，站在站台上看着末班车驶入，MP3里孙燕姿在唱："我听见风来自地铁和人海"，这是台湾作者易家扬填的词。我在想，在一座城市里，谁遇见谁都是最美丽的意外。

每座城市都应该有间好书店

大概每一个爱好读书的孩子，在年少时都曾幻想拥有一家属于自己的书店，如同凡·高说的："我在内心深处，总是想着要画一家暮色中的书店，有着黄与粉红的外貌，宛如黑夜中发出的光芒。"所以在暮色中邂逅诚品书店的时候，欣喜之余，更多的竟是梦想成真的不真实感。

作为一家留存着理想主义色彩的文艺书店，诚品有着自己独特的风格和魅力。推开玻璃门，书店的布局明亮又开阔，清新的空气中混合着淡淡的咖啡香。欧式的简约设计有着沉稳和优雅的色调，又被那些排列整齐的书册染上了那么些中国古典的墨香。书店按分类划为不同区间，各个区间有斜坡或是阶梯衔接，长条凳、布衣沙发随处放置，展台上拆封好的精装书籍端端正正地摆放着方便读者阅读，一切都温馨得好像私家图书馆。在台北这个下着雨的星期天，就这样选择抱着书，席地坐在干净的实木地板上，度过这样绵长而安静的时光吧。

身处在这浮躁的大时代，信息越来越速食化，网络书店越来越吸引大众的目光，总还是有一些书店从业者心怀理想，固执地守护着我们的精神家园。就如同诚品书店里的店员们，他们大多是年轻的男孩子或者女孩子。笑容干净而明朗，还有一些羞涩。可是一说起自己喜欢的文字就忍不住兴奋起来了，眉梢眼角的喜悦掩饰都掩饰不住，我真心喜欢这样的单纯。

台湾，你是我心内的一首歌（2）

在台湾流传这样一种说法：如果说世界最高的101大楼是台北的地理地标，那么诚品书店则是台北的文化地标。图书承载着我们的思想和想象，而书店则传承着一种生活的态度和方式，其实，每座城市都应该有一间好书店。

淡水暮色

对旅游一直有一种执念，下扬州一定选在烟花三月，冬夜最适合拜访姑苏寒山寺，去淡水则必须要在黄昏，夕阳西下、霞光漫天，才好看得紧。

到了淡水，我自己一个人在山间小路上胡乱溜达，不知怎么地就晃到了真理大学。真理大学面积不大，花树倒是很繁茂，教学楼仅有两座，都是带回廊的红砖楼，很有些英式老学院的派头。校园里人也并不多，出乎我意料地安静，孩子在教学楼前的池塘边嬉戏，银铃般的笑声就越发响亮了。有位白发苍苍的老先生见我拿着相机拍照，就热情地给我介绍起校园来，说周杰伦也是淡江人，《不能说的秘密》里的老琴房就在这其中一幢教学楼里。我想，若是有一天我老了，就坐在回廊里喝口茶看看淡水河的暮色看看校园里长了青苔的灰白色围墙，下课铃响了，然后有白衣少年骑着单车呼啸而过，那一定是件很幸福的事情吧。

从真理大学出发，搭公车20分钟便能到达渔人码头。当地人爱浪漫，他们将那些曲曲折折的河道命名为"蓝色公路"，还将横跨在码头上的白色月牙形桥梁昵称为"情人桥"。傍晚时分，渡船码头和桥上三三两两的人们悠闲地散着步，淡水全部被笼罩在一片金色的霞光里。

夕阳西下，也是烟火时分。河对岸开着的各家小吃店热闹正当时。捧着一块脸一般大的鸡排啃得直乐呵，临街大妈吆喝着特质的各种果脯，小店里甜美的小女生也着力向我推荐自家的秘制刨冰。晚风中，不知道是哪一家露天酒吧放起了歌，那歌声在风中飘，在风中飘。

幸福摩天轮

住宿的小旅馆位于内湖科技园的美丽华购物中心附近，清爽而温馨，拉开窗就可以看见不远处的摩天轮。高高耸立的摩天轮兀自旋转了一圈又一圈，在台北喧嚣的夜色里安静地放出绿色的光芒，看上去又寂寞又美好。

听当地人说，摩天轮是由美丽华商场建造的，兴建的初衷是为购物中心吸引更多商机。而在后来由"台北市政府"举办的网络票选中，美丽华摩天轮一举击败"擎天岗看星星"、"竹子湖采海芋"等，当选为最流行的约会圣地。不知道算是安慰还是讽刺，为了商业目的而建立的设施竟然也成就了多少情侣们的温情与浪漫。

摩天轮下，有学生模样的年轻人手牵着手排队买票。"听说当摩天轮达到最高点时，如果与恋人亲吻，就会一直甜蜜地走下去哦。"听到有女孩子兴奋地这么说着，满满的快乐从声音里溢了出来。年轻的时候，我们都曾多么简单地愿意相信天长地久。Eason陈奕迅唱过："当生命似流连在摩天轮，幸福处随时吻到星空。"一起坐过摩天轮的恋人，你们是不是一起走到天长地久了呢？今夜我在台北的摩天轮下，对对成双的恋人们让我相信——至少在通向天空的那17分钟里，摩天轮的每个格子里都装满了幸福。

西门町传奇

几乎每部和台湾有关的电影都会提到西门町。1986年，电影《英雄本色》中王侠的那个叛徒侄儿就对狄龙说过"我在西门町混的时候就很崇拜你了"；2003年，电影《向左走，向右走》的最后，梁咏琪在拥挤的人潮里疯狂寻找金城武；2011年，《那些年，我们一起追的女孩》的制片方也选在了在西门町举行影迷答谢会。可见纵使时光荏苒，西门町依然是台北流行文化的先锋和代表。

西门町其实是有些历史的，看沿街那些巴洛克风格的西式外墙，也猜得到当年的那些风光。21世纪了，西门町竟也能跟得上潮流，成了台北年轻人最爱的聚集地。老建筑转型创意市集，老房舍变身成艺术展场，新文化与旧事物在这里无缝接轨。就算不看那些故事，西门町本身也是一段传奇。

华灯初上，西门町就热闹开了。电影院的欢闹、街上的叫卖声、人群的说笑声连成了一片；鳞次栉比的商店挂满了各款海报，高音喇叭重复播放着当下最流行的音乐，霓虹璀璨闪亮了谁的目光。那些穿戴前卫、一脸朝气的年轻人三五成群地吹着口哨，呼朋引伴地钻进了"扑朔迷离"的世界。穿着怪异的艺术家在一片喧嚣下，默默地忙碌着自己的工艺作品，那么孤独又那么专注。在这个晚上，有人一晌贪欢，有人追逐梦想，近百年历史的红楼不说话，想必它早已看透这一个个暖风沉醉的晚上。

离开的时候，夜已过半。回头望，西门町依然熙熙攘攘，街市上璀璨的霓虹灯闪烁出一片迷蒙的色彩。

请带我去澳门，寻找一个梦

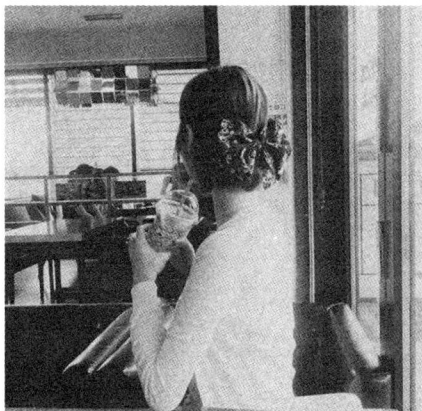

那年，我还青春年少，精力旺盛，也曾彻夜不眠，没心没肺地四处玩耍。也不记得是哪个晨曦，一伙子人就驱车到了珠海。那个凌晨，当地朋友把我们领到了一个地方，隔着一湾水波，指着对岸说："那就是澳门。"

朦胧中，我看着彼岸，看着那些与我之前所见迥然有异的广告招牌。我想，是的，那就是澳门。那时已是2010年9月，澳门已经回归了十多年，中国的主权印章已经牢牢地盖在了澳门的名字上。我很笃定，迟早有一天，澳门这片曾在我想象中的风景，终会变成我体验中的现实。

这一天很快来到。2012年12月末的一天，我的双脚终于踏上了澳门的土地。

澳门的街，似乎处处渗透着一种忠厚

城市的街，像城市的花瓣，散落得满城都是。更多城市的街，像更多五彩斑斓的花瓣，随着季节而诡谲地变化。有的城市几年不去，一不留神就找不到原来可爱的样子了，似乎消失得彻底、无影无踪。

但澳门的街，仿佛一年四季都是老样子，那路，那色，那咪表，那指路牌……上个夏天去，这个冬天去，下个秋天去，过上三五载去，容颜不改，风采依旧。车道上，各样汽车、摩托车、巴士往来穿梭；人行道上，各种肤色的游客踟蹰、流连、张望、行走。

街上人的目光不生涩、不胆怯、不畏惧，淡雅、平和、宽厚。在澳门的街上，竟很少见到步履匆匆或者疾行的人。没有大包小包的行李，目光也很温和。在澳门的街上一路走下去，除了听到各种发动机的噪音，在其他城市所"享受"到的音乐的巨响、打扮得奇

形怪状的店员"忘情"地招徕顾客的喊叫、各式各样的喧哗，在这里几乎都听不到，所能听到的、较为真切的声音均属于"自然而然"发出的，非人为制造。

一座城市的一切情绪、喜好、品性，在街市之中都会显露无遗。街市，是固定或流动的风景，是人性的缩影。街上走一圈，如果你的皮鞋不染尘埃，城市就特别干净；如果无人乞讨，城市就特别温暖；如果无人诈骗，城市就特别安全；如果无人横穿马路，城市就特别规矩——澳门，完全糅合了如此多的优点，抑或被城市所具有的特殊的文化中和了。

澳门的街，似乎处处渗透着一种忠厚。这必是一座城市在相当长的岁月里，在文化的浸染下磨砺出的收敛与包容糅合的品质。

完全想得到，澳门的街上多极了店铺。与其他城市类似，澳门街上的铺面也一间毗邻一间，从起点到终点，然后又是起点与终点。若一个生人，一个从没到过澳门的人，在午后或黄昏时分，站在澳门的某一条大街口猛地抬头望去，心大抵是要被震撼一下子的——那么多各色的铺面，兄弟或姐妹似的连缀在一起，大有一荣俱荣、一辱俱辱的果敢与坚强，与以往在电影里看到的旧时的大上海非常相似——但时过境迁，包括上海，很多城市已完全脱胎换骨，发生了巨大的变化，但澳门的老街还是老样子。至少几年前去和今天再去，我未察觉出它有什么不同。

我们走过果栏街时已入夜了，星空璀璨

我和七七沿俾利喇街，罗利老马路，新胜街，乐上里，草堆街，长楼斜巷，果栏街，一路信步行走。眼前不断出现茶叶铺、古董铺、家具铺、五金铺……真是无所不包。多家铺子门头斑驳的招牌，非"现"做，店内的陈设，古朴周正。

一家茶叶铺。古色古香的茶叶铺，装茶叶的盒子清一色用灰铁皮制成，盒子正面的绛红色漆已残缺、脱损，但"乌龙"、"水仙"、"观音"等字样仍看得全。古板的盒子摆放在褪了漆的木货架上，原始且古老，弥散着浓郁的茶香——整间铺子，俨然一个历经沧桑的老者。我们进了这家铺子已觉得亲切，未买茶，唐突地问能不能拍照，女主人微笑曰，可以。再一问，这店已有80年了。守得住80年的，自然算继承祖业。后辈能守住祖业，除了后辈对茶偏爱与执着外，还得靠一种文化传承——闻着不错的香片，一两9元，未品，我已然闻到烫水冲开的四溢的茉莉香味儿了。

面家，不叫面铺、面庄、面行，叫面家，亲切。到家吃面，回家吃面，名儿真好。我虽是土生土长的湖北人，但天生是爱吃面的。牛肉面一天不吃就想得慌，无奈奔至深圳，不时在吃面上闹饥荒，更不奢望能时常吃上香喷喷的兰州牛肉面。

我们走过果栏街时已入夜了，星空璀璨。街上，有的铺子已打烊了。但那面家的灯是亮的。透过门玻璃，我看到一个有50多年历史的面家的工作场景，那不同于老家机器压面，这里大部分工序为手工制作，不很宽敞的操作间，各样东西摆放齐整，面粉也不飞扬，面家一直坚持传统制面，搓面团、竹升打云吞皮、人手执面及天然晒面，在寸土寸金的澳门街巷，能坚守半个世纪的秘籍无他，唯诚信、童叟无欺、货真价实而已。

其实这一路走，不住思忖，这么多店铺聚集在一条又一条狭长的"走廊"中，原本该是逼仄的、令人透不过气。但我经过一家又一家店铺门前时，未觉得拥挤、局促、压抑。一路走，一路看，时而驻足、探头、抬步入店内细致欣赏、查看，均从容、轻松。

身处巷子里的你，更像去探望一位老友，寻觅多年前的梦

澳门的街真是密集得很。初来乍到的人容易转向，其实不管怎么转，只要不焦躁、不性急，根本不必担惊受怕。即便夜幕降临时分，在狭窄和狭长的巷子里穿行，在昏黄的高吊灯的映照下，你茕茕孑立，形影相吊，也不必担忧，因为举头间，"黄杨书屋"这样的招牌，"黎氏建筑"这样的墙画就在你周围，读者、游客，与你不远不近，传递着冥冥之中的温暖与问候。身处巷子里的你，更像去探望一位老友，寻觅多年前的梦。

那日走到老街"尽"头时，玫瑰堂出现在眼前，澳门乐团将在此演奏贝多芬的《降E大调七重奏》及《降E大调钢琴与木管五重奏》。入场券免费发放。

玫瑰堂始建于1687年，是天主教的圣多明我会教士初到澳门时设立的。教堂内，白色的柱子支撑着天花板，堂内墙壁四周设有

围台，巴洛克风格的祭台上矗立着乳白色的童贞圣母和圣子像，还挂有耶稣画像。我们沉浸于贝多芬激荡人心的音乐中，整场未有一次手机铃响，未有嘈嘈切切的私语，未有不合时宜的掌声，未有人拍照。

距离玫瑰堂不足百米的另一处街边乃民政总署办公楼。楼内专设"休憩区"，开放时间，入得"区"内，廊灯橘黄，鲜花簇拥，长椅空闲，我们坦然落座，四顾左右，透过玻璃窗，民政总署公务人员的办公位，一桌，一椅，一柜，一电脑，整洁的桌面，清晰入目。

我们坐了多时，七七左顾右盼，未有人过来盘问。

澳门这个城市仿佛有一种特殊的关怀，把人拉得很近，很近。

第六辑

多少人，用一夜，
过一世

我忽然有种落泪的冲动，
此时此刻已是夜幕低垂，
我从昏暗的黑夜而来，
进了酒店却变成朗朗白昼，
我在熟悉的威尼斯桥上眯着眼看蓝天白云，
不禁感慨万千。

回望我的达拉斯时间

2012年9月，我第一次踏上美国国土，达拉斯。

经过十几个小时的飞机颠簸，又在旧金山遭遇"美国式"的入境安检，我早已是身心俱疲。直到飞机快降落的时候，我才猛然清醒过来，而此刻，达拉斯的灯火，已经清晰向我逼近。这个城市很大，一眼望不到边的灯火，肆无忌惮地蔓延开去。但是却不刺眼，灯光的排列整洁有序且柔和，高速公路上的车在缓慢移动，像一条闪烁的河流，静静的。达拉斯，给我的最初感觉，就是这样，并不

华丽。

　　从机场出来，映入眼帘的是大片大片的绿色，空气极好，路况也极畅通，整个过程像极了风光大片。我们入住的是MERIDIEN酒店，后来看《泰囧》，才知道他们在泰国取景的酒店就是MERIDIEN，想起电影里的种种搞笑桥段，不由得就有了快乐的心情。我们路过一片很新的商业楼群，但没有见到人潮涌动的喧哗，整个城市仿佛已经进入梦乡，空气中弥漫着一股清新的冰凉。MERIDIEN酒店的前台是个皮肤白皙的金发美女，她微笑的时候，我仿佛闻到了德芙巧克力的浓香。大堂布置得很家居的感觉，有人

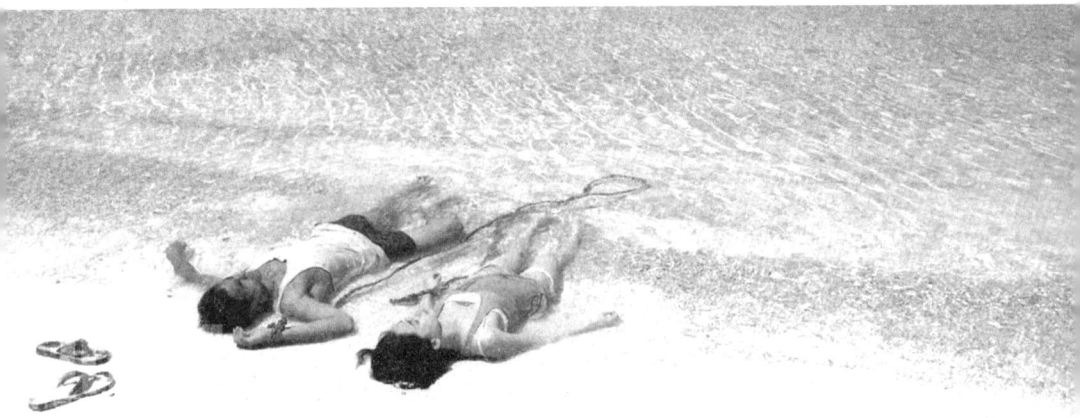

在品酒低声耳语，有人在吃自助餐，据说那里的华夫软饼很不错，我几乎每天都在那里享受我的早餐。

我们的房间窗口面对的是一大片草地，开着白花的草地，在夜幕的映衬下，如入画般宁静。远处的天空触手可及，那样空旷深邃，星星在调皮地眨眼睛，让初到大洋彼岸的我，顿时恍惚起来。记起童年在乡下姥姥家的夏夜，躺在夜空下的竹床上，就如这般纯真美好。是的，达拉斯的夜晚很美，很静，以至于我舍不得拉上窗帘，直到倦意袭来，才沉沉入睡。这一晚，我在达拉斯，睡在有生以来感觉最舒服的一张床上，做了一个美梦，恍若爱丽丝的仙境。

走走看看

达拉斯不是一个旅游城市，来之前，我就已经做足了功课。最著名的无非是肯尼迪总统遭到刺杀的纪念地，还有随处可见的象征达拉斯和德州文化的奔牛铜像。当然，很多中国游客还会饶有兴趣的在贝聿铭设计的市政厅大楼前狂摆一通POSE。可这些，我都不感兴趣，原因之一我是女人，惧怕达拉斯灼人的太阳；原因之二，我语言不通，方向感极差。所以，我很享受在每个清晨，以MERIDIEN为坐标，一个人穿梭在城市的光影中，和周围陌生的人，陌生的风景，陌生的文化擦肩而过。看看在地球的另一端，人们是怎么生活的。习惯了大城市的熙熙攘攘，在这里却能享受宁静和平。当地人也非常享受自己的生活，清晨的街头露天咖啡馆几乎座无虚席，边品尝咖啡边享受早晨的清晰空气，看看书，上上网，发发呆，让我有种身处巴黎的错觉。

道路两旁的花园别墅，随处可见，却没有国内铺天盖地的房产广告，路上行人也很少，偶尔碰到一个，他们会很友好地微笑；过马路的时候，汽车都很有礼貌，仿佛约定一般等你先行通过，这让我受宠若惊；最明显的一点就是达拉斯几乎看不到华人，不像其他热门城市，如纽约、旧金山等，在路上遇到华人的概率大到可以不用说英语。

太阳渐渐露脸，我开始乱闯一些小店，知名的不知名的，店员并不介意你是否喜欢，只是微笑着很礼貌很耐心地陪你看每一样东西，似乎这些物件本身就很有生命，如果能遇到欣赏的人，价码什么的已经无所谓。达拉斯有很多厂家直销Mall，每一家店都有自己的特色，每一处的布局都体贴细致，让人想连这气息也一起打包带走，可是，带走的只是一份眷恋的心情，带不走的，是无尽的美好回忆。

败家，败家

MERIDIEN酒店对面有一个大的SHOPPING MALL，著名的梅西百货也在里面，整体感觉，有点像深圳的万象城，但大多数都是美国本土品牌，价格很平易。几十块钱一件衣服，如果你的预算是1000美金，那么恭喜你，你可以淘到的东西一个人是拎不动的。当然，许多女孩趋之若鹜的品牌，也会在这里售卖，比如LV。

整个SHOPPING MALL大概有三、四层，每层都好长好长，足够我打发时间，让我慢慢看，细细选，反正在达拉斯，我一个人，自由自在，天马行空。大概，姑娘们对《北京遇上西雅图》中文佳佳在圣诞前疯狂购物的一个镜头，还记忆犹新吧，女人之于购物，犹似男人热衷猎艳。疯狂shopping感觉非常的棒，虽然那不是我一贯的作风，但也会偶尔为之。很多女人疯狂购物，有一个很重要的原因，既然碰不到懂得珍惜我的人，那就对自己好点算作补偿，花自己的钱做自己开心的事应该不算是个错吧。

迎面，我就看见一个身材高挑的美女，手提大包小包，各种名牌，却一脸落寞，活生生是那个从电影《一个购物狂的自白》里走出来的年轻女财经记者。女主角不抽烟、不酗酒，也没有什么坏毛病，除了是个购物狂。她一踏进购物中心就找到了自我，她像水獭一样收集亮闪闪的打折货，她的信用卡永远入不敷出。

有时候想想，一个女人，如果不懂得一双GUCCI靴子有多好，不明白PRADA从哪里来，未尝不是一件好事。我的一个旧同事，每个月的薪水几乎都被她用在买衣服上，有时她自己也觉得过分；每周她都会花上整整一天时间来购物，她像一个真正的时尚行家，知道如何把新款和旧款"混穿"出最酷的感觉，或是怎样火眼金睛地在Zara店发现最新潮流搭配。她会在第一时间就在ELLE上找到想要的东西，然后直接冲向这些店，根本等不及换季折扣。她的衣橱每年都要经过一次大扫除，把原来的那些衣服彻底清空，它们都会被廉价处理或直接扔掉。这样导致的结果是，丈夫无法忍受她的"败家"，最终分道扬镳。

我不知道，眼前这些来来往往的美国女人，是否也有这样隐秘的忧伤。其实，人生如购物，你提着一个袋子，边走边拾。一路上拾起无数自己本不想要的东西。可当你遇到自己真正想要的东西之时，袋子却已经装满了。

独特风景

美国的胖人很多，而且有很多是超级胖人，胖到车子坐不进去，只好打开后车门，躺在后箱里；胖到走不了路，需要坐轮椅；胖到坐飞机，挤得邻座的乘客没法坐……所以，当美国航空公司宣布胖子要买两张飞机票时，胖子们哗然：歧视呀。可想想也有道理，目前，虽说金融危机已经触底，可离经济复苏到欣欣向荣，还早着呢，一个300磅的胖子，是普通人的两倍，坐上飞机不仅挤到别人，而且实实在在消耗了更多的燃油。

在达拉斯的时候，我的体重达到历史最高，如果在国内一群高高瘦瘦的女孩子面前，常常自惭形秽；可在达拉斯逛街，胖子络绎不绝在身边闪现，挑选任何衣服理所当然的除了"S"还是"S"，那种感觉别提多爽了；如果去沃尔玛走在一大群肥到要借助器械行走的人中间，我能用"第六只眼"感受到他们愤怒的目光：这中国妞，咋就不胖呢？

其实，女人的一生，都在与体重做最残酷的斗争。在我看来，美国人之所以胖，除了个别受遗传基因的影响外，大多数胖子都是后天吃成的，之所以吃到发胖，是因为他们的食物热量实在太高：汉堡、薯条、薯片、汽水、比萨、热狗；还有，美国店铺卖的蛋糕和饼干糖分非常高，再一个就是冰淇淋……有道是：好吃的东西都容易发胖。的确，我来达拉斯才1个星期，还饱一餐饥一顿，竟然哗啦啦长了3磅。所以，中国餐相对来说，还是比较健康的。可惜，达拉斯的中餐，也是适合美国人的口味，好不容易吃上一顿米饭了，居然是个日本人开的，还以"PANDA"作招牌。而我们国人最热衷的水果，我在达拉斯寻觅良久，却没找到一个像样的售卖处，算是遗憾。

跟国内相似，麦当劳里的人流量比较大，而且饮料都可以续杯，那么大的杯子，那么多的冰块，无限量供应，我不得不佩服老美的实诚。有时候，累了，也会入乡随俗捧杯冰饮，坐在可爱的麦当劳叔叔对面，一个人可以佯装冷漠，也可以演示庸俗，可以目光居无所定，也可以细细品味过往的五颜六色，思绪尽可随人流的潮动而随意荡漾。

在SHOPPING MALL里行走的人脚步都是懒散的，不急于赶路，即使在工作日，仿佛也随时都可以停下来，坐在休息凳上待着，拿出手机玩玩游戏，让人纳闷的是，他们并没有人手一个"苹果"，就连"苹果"专卖店也鲜少遇到。达拉斯人的生活节奏感觉很慢，无论是在街头，还是在公共场所，这一点跟深圳大相径庭，仿佛一切都是慢慢悠悠的，不需要太匆忙。其实，最好的生活就是什么也不做，也觉得心安。

赶时间的那是岁月，不是美国人。

终于，逛到让我疯狂的化妆品专柜，顿时，魔怔，魔怔，我就失忆了，忘记了去时来时路。还好，专柜的BA都很亲切，而那些Clinique、Origins们，又有着那样诱人的价格，让我将迷路的现实暂时抛到九霄云外。到最后，我只好提着大包小包的"战利品"，拿出酒店的门卡，用蹩脚的英语求助一位专柜导购，没想到，她是如此的热情，她扶着我的肩，边走边笑着对我说："It's so easy."接着，她送我到出口，跟我挥别，我这才看清，原来她已经是个满头金发的美丽阿姨，胸前佩戴着银白色的工作牌，上面赫然印着"Estee Lauder"。

我推开门，一眼就看到了MERIDIEN酒店。

亲爱的，我们去Las Vegas吧（1）

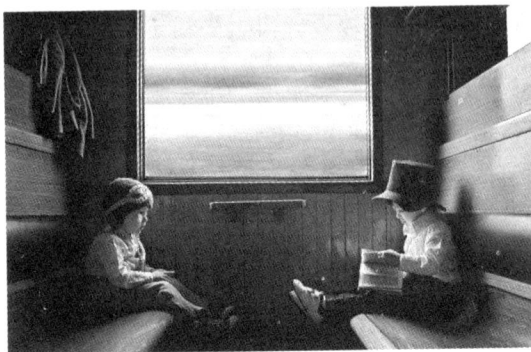

一定有个城市，去过之后让人沉溺，哪也不想去了，就想在这挥霍了。

那么，这个城市，只能是拉斯维加斯。

别无它城。

还未近身，便已沉沦

在走出机场的第一刻，在那一排排五彩斑斓的山君机扑面而来的瞬间，我这一向自诩还受过点教育、有点思想的小女子，瞬间也沦陷了。

拉斯维加斯，就这样让人措手不及，还未近身，便已沉沦。

去的时候，席琳·迪翁的演唱会即将开幕，全球粉丝纷至沓来，各色人流蠢蠢欲动，随时准备狂欢。入住MIRAGE酒店，传说中的海市蜃楼，它坐落在新大街的中心区域，门口以流泉飞瀑闻名。大厅里面流水淙淙，处处是棕榈、兰花装饰的热带风情，一进去，暑气全消。虽人满为患，但在前台等Check，你不会感到无聊，因为那座赫赫有名的巨型水族布景墙，因为那成千上万的热带水活跃物，因为它们在碧绿的海草里面游来游去，怡然自得，这些，足以让你打发时间。曾风闻酒店内有鲨鱼和白老虎，但我没有见到；入夜，还有水火喷泉表演，可惜，我也错过；不过，我倒是在酒店里满足了口腹之欲，品尝到了日渐稀缺的阿拉斯加大闸蟹，虽未觉有多惊艳，但好歹如愿以偿了。

在我的眼里，只看到年老色衰的悲哀

酒店大堂其实也就是赌场，全都铺上高档地毯，既没有窗户也没有时钟，分不清黑夜白昼，如我这般路痴者，只感觉眼花缭乱，犹入迷宫。后来发现，拉斯维加斯就是一个酒店连着一个酒店，一

个SHOPPING MAIL连着另一个SHOPPING MAIL，所以即便在拉斯维加斯炎炎的烈日下，你也可以足不出户就把各大酒店逛遍，把世界美食尝尽。

说起拉斯维加斯，也许人们最熟悉的就是赌场。只可惜，这项娱乐活动于我而言并没有什么吸引力。连21点都不懂的我，只能好奇地从这些赌客身边走过。在这些赌场里，侍应女郎并不稀奇。

她们浓妆艳抹，穿着超短裙，腿干瘦细长，一副兔女郎的打扮，穿梭其间。其中很多侍应女郎已并不年轻，她们像年轻女孩一样把啤酒、饮料端在自己胸前，试图赚取更多小费，但却流露出一丝年老色衰的悲哀。

美人迟暮，她们或许是被生活所迫，又或许她们仅仅是喜欢这份职业？其中缘由，不得而知。

光阴流转，仿佛穿越到了古罗马帝国

如果对赌博不感兴趣，就去看看拉斯维加斯的酒店。从MIRAGE出来，就是大名鼎鼎的Caesars Palace。走进Palace，两位古罗马女神，手持葡萄，长裙飘舞，恍若仙子下凡；而在几十米高的巨型穹顶上，暗黄色的基调中，绘满古罗马人的各种日常生活场景，如斯详尽，既温馨又华美，俨然是上乘艺术。一时，我忘记了，这只是一个酒店。

从二楼往西走，就到了恺撒商业街，头顶蓝天，白云朵朵，脚下是望不到尽头的街道，浓郁的古罗马风情，走着走着，人恍惚不已。又巧遇恺撒大帝的机械人表演，气焰宏大，日月星辰斗变，白雾弥漫，音乐缭绕，仪式感极强，让人情不自禁地顶礼膜拜：他是举世无双的恺撒王，我等是虔诚的子民，君民相惜，光阴流转，仿佛穿越到了古罗马帝国。还好，眼前有这些活色生香的品牌，从GUCCI到LV，从LANCOME到ESTEE LAUDER，它们绚丽，它们流光溢彩，它们提醒你，时空未曾改变。

看完表演，居然见证了一场只有新娘和新郎的简单婚礼。果真，拉斯维加斯是最适合成婚的处所，随时随地可以找到牧师主持婚礼。昔时的小甜甜布兰尼，就是在这里闪婚闪离，引爆全球。而那些美国赌徒，输得倾家荡产，亦可大张旗鼓地寻找外籍人士结婚。在这里，婚姻，可以明码标价。一个要钱，一个要美国身份，各取所需。

原来奢华也是能够缔造美的

走出恺撒宫，外面的阳光辉煌，目之所及，皆是顶级酒店。Paris-Paris的建筑主体模仿卢浮宫，门外的露天咖啡座，几株法国梧桐和埃菲尔铁塔、凯旋门，还真有点法国的味道；New York-New York则竖起了自由女神像，据说室内的shopping street也与纽约的如出一辙，只是比纽约更干净；最标新立异的是Luxor，创意来自古埃及，玻璃钢金字塔造型，门前是狮身人面像，而酒店内，连石柱、雕塑、壁画都是模仿卢克索的卡纳克神庙；还有，充满浓郁阿拉伯风情的阿拉丁酒店，直接把你带回到欧洲中古世纪的城堡酒店……

看呀，看也看不完呀，人就到了Bellagio酒店，音译"百乐宫"，真真是一片歌舞升平景象。连门前的水秀表演，也妖娆多姿：时而，像身着轻纱的曼妙女子，轻盈飞舞；时而，又似怒发冲冠的将军，拔剑而起，它们自顾自地演绎着一场水的欢快舞剧，讲述着一个关于水的动人故事……

水秀虽然是免费的，但高雅如贝多芬交响乐，通俗如流行金曲，都可以在这里悉数亮相，轮番上演，让游人在梦幻的场景中，想入非非。最喜欢莎拉布莱曼的"Time to say Goodbye"，我想说，绝对的美轮美奂，抹杀无数菲林。

当然，如果你有时间，去百乐宫里面逛逛也未尝不可，踩着厚厚的红地毯，抬头看看，那流光溢彩的玻璃彩花顶，嗅到的是春天的芬芳。这哪里是没有生命的玻璃花呀，那黄的紫的红的蓝的，每朵花都盈盈地在微笑呢，满园子的春色呀！就算是闭上眼睛，那五彩的光也挤入你的眼中，不竭地跳着舞。原来奢华也是能够缔造美的。

幸运的话，你还会一睹毕加索、莫奈、凡高等名家的真迹，而且不用怕来不及，不用走马观花，你大可以细细观摩，慢慢品味，因为，你不可能在卢浮宫住宿，但你可以在这里！

亲爱的，我们去Las Vegas吧（2）

　　傍晚，当太阳即将隐去，夜色渐渐笼罩时，拉斯维加斯开始慢慢苏醒，各种"秀"场开放。秀是"不夜城"的精髓，为了招揽顾客，每个酒店都有自己主打的"秀"，同时还有物美价廉的美食，不过通常都要排队。因为行程匆忙，又没做足功课，我们竟稀里糊涂选在金字塔酒店里的BUFFET吃自助，然后又稀里糊涂看了一场名不见经传的Fantasy秀，乏善可陈。所以，亲爱的，如果你去拉斯维加斯，在选"秀"上，必须提前确定，否则，乱花渐欲迷人眼。

我看BlueMan的时候，还是满心欢喜的

其实，第一次看"秀"，首选是Paris酒店的Jubilee。百老汇式的经典歌舞表演，阵容强大，美女如云，绝对让你看不够。可惜，这一次，又错过。或许，遗憾是为了给自己留个念想，成就第二次的旅行。只是，要不要看全球最著名的演出Blue Man呢？很早以前，看《康熙来了》，听小S和蔡康永谈到Blue Man，所以兴趣盎然，尽管很多人认为他们难登大雅之堂，但插科打诨也未尝不是一种生活乐趣。

我看Blue Man的时候，还是满心欢喜的。演出格外清净，不那么美国，只有三个男人，全身皮肤Blue，后现代舞台背景，没有人说话，只用面部表情、肢体语言传递着信息。而后，会邀请三两观众登台配合，其中必有东方人，大概东方人的拘谨更有喜感。可怜同去的友人愤愤不平，她说："我看得几乎都昏死过去了，因为坐在空调底下，所以，我是冻得瑟瑟发抖，而那些打击乐，根本就不好听，我从头郁闷到尾，而美国人从头笑到尾。"

想来美国人的幽默，我们还是无法与之共鸣，不过，让他们听郭德纲，估计他们也会一头雾水吧？

至少，在那一刻，我找不到答案

Blue Man只在Venetian Hotel里演出。刚开始进酒店，觉得也只是大片老虎机，各种轮盘赌，与其他奢华的赌场酒店无甚区别。可信步走到另一间大厅，也算见过世面的我瞬间惊呆了。我以为自己穿越到威尼斯了，只见，一条小河在我眼前，缓缓流过，一条贡多拉小船悠悠荡荡，载着一对情侣迎面而来，船工戴着典型的意大利宽檐帽，深情款款的唱着《我的太阳》，最妙是头顶静静悬挂的蓝天和白云，效果真实到无以复加；而且，只要你能想到的，这里都有，圣马可广场、钟楼、感喟桥……

我忽然有种落泪的冲动，此时此刻已是夜幕低垂，我从外面昏暗的黑夜而来，进了酒店却变成朗朗白昼，我在熟悉的威尼斯桥上眯着眼看蓝天白云，不禁感慨万千：美国人太有钱了，他们真的可以利用金钱，完成很多让人觉得不可思议的事情，比如，把黑夜变成白天，那么，他们还有什么是不能的呢？至少，在那一刻，我找不到答案。

演出完毕，从Venetian Hotel出来，全城狂欢一触即发，此刻晚上10点，美国沙漠中的绿洲，世界最著名的赌城，拉斯维加斯开始进入黄金时段。看街上霓虹灯闪烁，繁花似锦，忽然发现石凳上趴着一只蟑螂，心里有点莫名其妙的滑稽感，如此奢华，如此繁荣，

还不是有小强在这里肆行无忌？大厦背后永远有小屋，阴影中永远有肮脏，哪有天堂？

过马路的时候，顺手接过一张应召女郎塞来的传单。

回到酒店，坐下，打开那张传单，里面密密麻麻，尽是各色女郎的电话、服务价格。更为神奇的是，居然还记载了一段真实故事：一名叫杰森•李的男子在这家俱乐部找到了自己的真爱，与一位应召女郎喜结连理。末了，还配上两个人的照片。男的挺帅，27岁；女的超美，34岁。

这真是一个疯狂的世界。

坐在靠窗的位置上，思绪纷繁

去科罗拉多大峡谷是坐大巴的，沿途领略了沙漠的广阔和荒凉，视野很开阔，山很远，天很干净，那一簇一簇的荒草很酷，只是我领略到更多的是孤单而不是豪迈。也许我在郁郁葱葱的南方生活习惯了，那么一大片的荒漠让我感到陌生，没有安全感。而且，无论是大峡谷，还是密德湖及胡佛水坝，都没有让我兴奋，我只记得当时的太阳很毒，仿佛要把我烤化。

又或许，我来自中国，对于奇山异水，早已司空见惯，于这些，已经不足为奇。

从大峡谷归来，回到拉斯维加斯，仿佛又回到了凡尘，也就又开始强调物质生活了，在赌城游逛，才是真实的生活。你无法想象这座奢靡的城市到底容纳了多少富翁，我想长年居住在这里的人们，看到那些宾利、法拉利、美洲豹……估计就像深圳人看到满街的尼桑、丰田一样毫无感觉。更何况，你抬头仰望，就可以随时看到漂亮的直升机，它们从那些世界顶级大酒店的上空飞起，一忽而过。听说，在恺撒宫有专场演出的席琳·迪翁，她就是坐私人直升机往返于洛杉矶与拉斯维加斯的。

最后一天，终于想起了尼古拉斯·凯奇主演的电影，著名的《Leaving Las Vegas》，其阴晦面暂且不提，只记得BEN的那句"My dear，you are my angel"，就让人心疼良久。去了麦卡伦机场，坐在靠窗的位置上，思绪纷繁。在这个有人全力去活，有人全力死去的城市里，你若能成为另一小我的天使，这仍是一件让人从内心感觉到幸福的事情。

　　而此刻，我在天空之上，俯瞰这座妖娆华丽的城市，似乎听到有个声音在回响：Las Vegas，I will be back next time.

第七辑

听沙语，看花飞，
念来生

晨曦微露时，

我从狂欢中走出，掬起一把细沙。

赤红，细洁，水一般在我手中缓缓流动。

万年的时光，积成一个沙漠，

千年的时光，筑就一座城。

风声吹过耳际，吹过沙丘，

带着时空的回响。

童话里的蓝白小镇

　　一个精致美丽的小镇。当我悠悠地走进，踩在细碎不规则的鹅卵石路上，童话般的世界近在眼前。碎步沿街道上的拱形土墙门拾阶而上，于是，大片大片的蓝色开始映入眼帘，迷惘梦幻铺天盖地。蓝色，在这个小城镇里是主色调，仿佛一望无际地中海的深蓝与天空的浅蓝融汇在了一起，勾勒出一片宁静的蓝色地带。清爽的空气，清新的蓝色，安静的小巷，淳朴的民风……这样井井有条的海边小镇真的是美妙绝伦，你要做的，只是慢慢地散步就好。

蓝色的门被推开，走出了童话里的阿拉伯公主

我不知道，这是不是世界上唯一的一个"蓝白小镇"。

它真的就像一颗璀璨的明珠，镶嵌在摩洛哥北部大西洋海岸。这个有着数百年历史的古镇，没有经过战争的洗礼，被完美地保留下来了。古镇四周完好的城墙威武的屹立在小镇的周围，就像是一件结实的外衣罩在小镇身躯上。小镇紧靠着大西洋海岸，每天都面对着海水的惊涛拍岸，跟大海诉说着自己的绵绵的历史。

停好车后，我们顺着城墙找到了进入小镇的城门，一进入镇内，我便被小镇的带有艺术，设计，清新，魅力所感染了。而迎面碰到的动物——猫大约是刚刚睡醒，还迷迷糊糊地眯缝着眼睛看我。更让人觉得这里俨然就是精灵的住所嘛，可爱到你会觉得这里只是供人享受的地方。洁白的墙壁搭配着湛蓝的颜色，很多门窗都被刷成各个色调的蓝色。每家每户的门前，窗户上都放着各色各样的鲜花，花儿怒放着，连带着白色的背景跟蓝色一起配色，让我顿时产生一种强烈的美感。

位于最靠前的一所大庄园让我产生了好奇，经过打听才得知，这是当年海盗的首领靠海上掠夺致富后选在这里建造了自己的别墅。高大的外墙被颜色鲜明、图案复杂的手工地毯所覆盖着，神秘

而诡异。

在小镇中慢慢地步行，我发现如今小镇上已很少有先前的居民了，蓝白屋子更多地成了一家家店铺，可即使是琳琅满目的店铺，也没有什么喧嚣，白皮肤、黑皮肤抑或棕色皮肤的店主人，静静地坐在门前的阳光下，或者绿荫里。蓝与白似乎将一切喧嚣都过滤掉了。小镇上的蓝白房屋不少已成了艺术家、画家的工作室，我走进一栋屋子，拱顶墙上挂满了油画，有肖像、有静物，几幅抽象风格的奔马图想象恣意，令我联想起我们古人的草书。屋里坐着看书的女子就是画家，这些画都是她画的，她的性格应该是既内敛又奔放吧。

有一幢房屋，绿色的树和红色的花紧贴着白墙生长，只露出蓝色的门窗。我恍惚起来，这不就是童话里最迷人的场景吗？在这样的场景里，蓝色的门被推开，走出了童话里的阿拉伯公主，她回眸一笑，然后沿着鹅卵石小街边的台阶，一步步地走下去，走到一望无际的地中海边。我也沿着台阶走下几步，那里是一个露天咖啡馆，坐在木质长椅上，点一杯摩洛哥人最爱喝的薄荷茶，倚着栏杆，面朝大海，不知不觉间人便沉静了下来，渐渐地好像融化在纯净的蓝色与白色里。

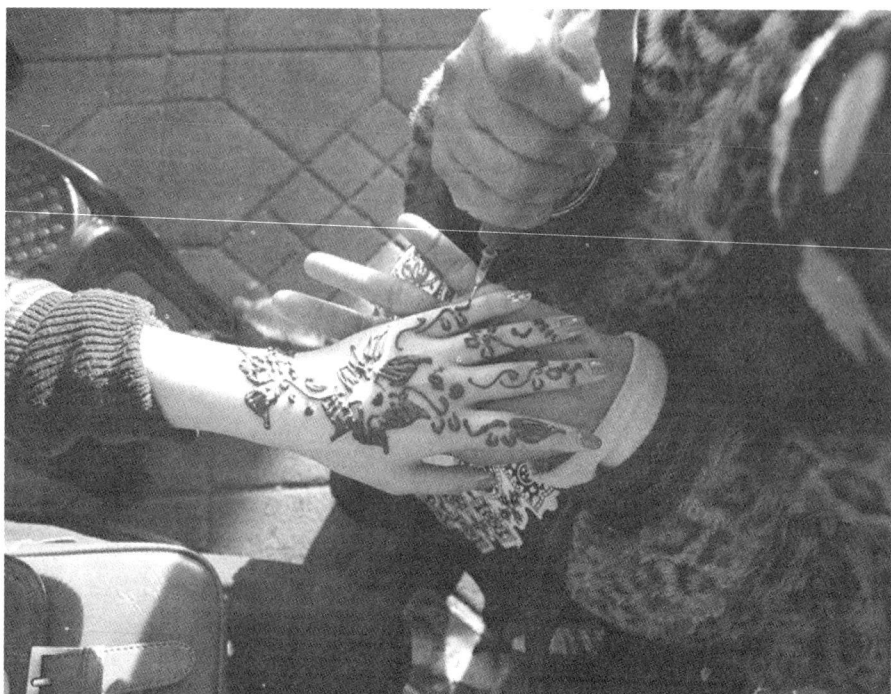

看着过往的行人，看着几只小猫咪在戏耍，是那样美好

普鲁士蓝，群青，湖蓝，天蓝，酞菁蓝……各种蓝色肆无忌惮地绽放在这里，每一个街角的每一次停步，都被蓝色包围着。伊斯兰教堂、纪念品店、无数餐馆以及一个小广场。一条蓝色的通道，点缀着多彩多姿的花盆，如同进入小人国……然后，我们一路走，走到了城墙尽头。

站在小镇的最高处，看那成群的海鸥从我头顶上盘旋而过，我深深地呼一口气。是的，这里就是世外桃源了，我千辛万苦来到的地方，曾经的有一天，你在这里，将来的某一天，我知道，你还会来。

就这样站在小镇的最高处，面朝大海时才会发现，其实这里地势险要，真是临海的峭壁。可正是因为清一色的蓝色和白色，消解了所有的陡峭，将一切平和地铺展开来。听说这里的房屋之所以选择白色，主要是出于生活上的考虑，因为地中海沿岸的夏天气候炎热，而白色具有不吸热又容易散热的特性，因此将白色涂在房屋外墙，可保持室内凉爽，再加上这里盛产石灰，于是选择白色也就理所当然了。一位摩洛哥朋友开玩笑说，在这里只消卖蓝色油漆和白色石灰，就能让生活过得自由自在。事实上，如此让人惊艳的蓝与白的搭配，在地中海沿岸的其他地方并不鲜见，只是摩洛哥人对生活的热爱，对人的天性的格外尊崇，才使得这座"蓝白小镇"成为世上一个独特的存在。

在观景台上，我发现来这里度假的人往往是全家，在这里停下脚步，慢慢地去享受这里的美丽和静谧的生活。更有趣的是，我们返回的时候，迎面碰到几个东方面孔，大家不禁雀跃起来，打完招呼，才知道是来自上海的朋友。要知道，我已经被无数人询问："Japan？"看来，在遥远的异国之旅，在满眼的各色族群中，突然眼前一亮，遇到故乡人，仍旧是一件让人倍觉温暖的事情。

逛完古镇，正好是黄昏时分，我跟朋友家人一起在镇内广场的一家餐厅吃晚饭。等待开饭的时间，悠闲地坐在太阳伞下，看着过往的行人，看着几只小猫咪在戏耍，是那样美好。如果可以，我真想买一个紫色的小篮子给它做家，每天要给它买烤鱼吃，要陪它一起玩，还要一起晒大西洋的太阳。

我们的晚餐看起来很棒，无论是大家吃的石斑鱼，还是我选的法式大虾，都是那样的美味可口，我们一扫而光。然后，一杯阿拉伯咖啡或薄荷茶、一份阿拉伯点心、一份闲适的心情，沐浴在地中海的微风中。

我想，蓝色与白色，其实就是天，就是海，就是云，还有我们的心。

卡萨布兰卡，恍若百年

《北非谍影》这部片子在上大学的时候就看过很多遍，当某一天我端着茶杯打开收音机，一段熟悉的《卡萨布兰卡》的旋律飘荡在耳边，就如同一位久违的老友迎面走来，让我情不自禁就想跟随它去看看那座白色之城。

其实，此次北非之行，卡萨布兰卡并非目的地，但天意使然，因为卡萨布兰卡是我到摩洛哥其他城市的落机点，这一无法改变的事实，注定赐予我一段和卡萨布兰卡亲密接触的美好时光。现在回想起来，真正的卡萨布兰卡并没有电影中的充满了浓浓得让人心碎的爱情，也没有哪个咖啡馆里架着白色钢琴传出黑人琴师的《As Time Goes By》，甚至于我也没有闻到很多人在游记中提到过随处可见可以体会的薄荷茶香味，又或许那味道只能由舌尖去体会吧。

放眼望去，周围都是绿树和鲜花，难怪被人们称为"北非花园"

我们到达CASA那天是一个阳光明媚的日子。阳光虽强烈，却有阵阵凉风。感觉清爽惬意。走出机场，找了辆TAXI，汽车就迎着阵阵凉爽的海风缓缓前行，扑入眼帘的是高耸的椰枣树和枝叶婆娑的非洲棕榈。这座濒临大西洋的海滨城市，当地人亲切地称它为"卡萨"。这里全年气候温和，树木常青，9月的气温尚在25摄氏度左右。放眼望去，周围都是绿树和鲜花，难怪被人们称为"北非花园"。

汽车经过市里著名的"鸽子广场"。宽阔的市民广场上，栖息着成千只鸽子，它们或休歇在喷泉边梳理着羽毛，或不时飞起啄食游人抛撒给它们的食物，鸽声咕咕，欢笑阵阵，人与鸽子和谐相处的景象令人难忘。

在毗邻海边的路段，多是一幢幢两层高的独立别墅。圆形拱门，门边贴有阿拉伯风格的MOSAIC（马赛克），红色、粉色、白色的杜鹃花争相挤出墙外。门外是一排排高大的棕榈树迎风摇曳。对面就是浩瀚大海，海天一线。

我们入住的酒店算得上真正的"HOUSE"。它是一座两层高的独立别墅，带游泳池、花园和地窖及车库。屋内宽敞明亮，按功能分为会客厅、餐厅等等。就是会客厅也有好几个，大厅装修风格迥异，有摩洛哥传统风格，有欧式风格，有古典风格，有现代风格……真的是夺人眼球，我们心里不停地在惊叹。

从客房的窗户看出去是一望无际的大海，还有环绕着花园的篱笆，绿意盎然。坐在阳台里的我们享受着轻拂的柔风，看着窗外的绿意，听着叽里咕噜的法语，吃着美味的摩洛哥大餐，再想想自己身在异国体验着这一切，感觉奇妙而幸福。

CASA的房子给我最深刻印象的不是它的奢华大气，而是留在我脑子里的阿拉伯建筑。屋顶的木雕工艺，墙上的马赛克拼图，都无法让人去质疑这里拥有多少能工巧匠。工匠们精雕细刻，在木头上刻画出栩栩如生的图案，这当之无愧地属于一项细致活，把手指头般大小的彩色瓷片逐一拼凑，成为一幅壮观的作品。

她走进了Rick's Café，他们的故事也走进了我们的心里

卡萨布兰卡有许多出租车，Avedes FAR大街和Rue EI-Araibi Jilali大街的交会处有一个出租车站，出租车大都在此候车。在市中心乘出租车大约需要5迪拉姆，并且都是打表计费。

中午接近12点的时候，清真寺的钟声响起，扩音器开始播放祷告，感觉全城都动员起来了，路上的人们行色匆匆回家祷告去了，连出租车司机也不载客回家去祷告了。信仰的力量就这样把一个民族聚集起来了！

没有打到车，就干脆去联合广场的北边逛逛，摩洛哥几乎每个城市都会有的旧街市——麦地那(Medina)。弯曲绵长的街道两旁是排列众多的小店，路是石板铺砌的，简单实用。街市随着夜幕的降临应该会越来越有活力，可惜我没有等到那个时刻来临就饿得钻进了路边的一个小餐馆，终于在阿拉伯风精致的铜餐具和浓郁的香料味包围下，煞费苦心地用舌尖品尝到了薄荷茶真正薄荷的味道和Couscous（一种摩洛哥食物）。

还有足够的时间，我没有忘记去市中心逛逛，那里遍布着各式各样的酒吧，而Rick's Café肯定是你最想去的一间。正如影片《卡萨布兰卡》中的男主人公Rick所说，"全世界有那么多的城市，每个城市有那么多的酒吧，她偏偏走进了我这一间。"是的，她走进

了Rick's Café，他们的故事也走进了我们的心里，电影至今70年来，丝毫不褪色。

曾在网上看到有驴友，到过卡萨布兰卡一个专门为纪念《北非谍影》而设的咖啡馆，回来就到处宣扬那种身临影片之境的感觉，当时看过照片十分羡慕，此次也根据友人提点尝试着，四处寻找，但令人十分遗憾的是，咖啡馆早已不复存在，取而代之的是一个LV专卖店。又或许是我们太仓促，在不经意间与它擦肩而过了吧。

时光荏苒，恍若百年。老电影引发的旅游热潮已经在时间过去以后慢慢消退，就如同鲍嘉对褒曼说的那样：我将要去的地方，你无法跟随；我将要做的事情，你无法参与……有一天，你会明白的，现在，现在，在这里，让我看着你……还是适合那黑白的色彩，看似不够丰富精细的表情，却已饱含了足够的韵味。

我们离开的时候，卡萨已近黄昏。夕阳下的卡萨慢慢黯淡下去，连同那些明媚、鲜亮的颜色——蓝的天空，白的房子，红的地毯，黄褐的土墙，男男女女身上五颜六色的衣袍——失去了它们耀眼的色泽。我忧伤不已，这是我第一次来卡萨布兰卡，也可能是最后一次。在我眼里，此刻的卡萨布兰卡，已经让位给了某种更为凝重的，几乎是黑白电影般的情绪，就像那部令人难忘的《卡萨布兰》，有着某种渴望，某种困惑，以及某种莫名的感慨。

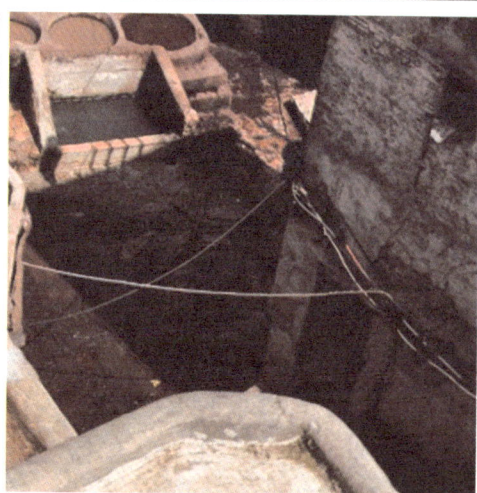

图书在版编目（CIP）数据

风会记得你走过的路 / 阮靖著 .—北京：
中国华侨出版社，2015.12

ISBN 978-7-5113-5911-7

Ⅰ.①风…　Ⅱ.①阮…　Ⅲ.①随笔–作品集–中国–当代
Ⅳ.① I267.1

中国版本图书馆 CIP 数据核字（2015）第 307086 号

风会记得你走过的路

著　　者 /	阮　靖
责任编辑 /	文　喆
责任校对 /	高晓华
经　　销 /	新华书店
开　　本 /	670 毫米 ×960 毫米　1/16　印张 /16　字数 /213 千字
印　　刷 /	北京建泰印刷有限公司
版　　次 /	2016 年 5 月第 1 版　2016 年 5 月第 1 次印刷
书　　号 /	ISBN 978-7-5113-5911-7
定　　价 /	29.80 元

中国华侨出版社　北京市朝阳区静安里 26 号通成达大厦 3 层　邮编：100028
法律顾问：陈鹰律师事务所

编辑部：（010）64443056　　64443979
发行部：（010）64443051　　传真：（010）64439708
网址：www.oveaschin.com
E-mail：oveaschin@sina.com